MAXIMIAN,

TRAGEDIE.

Par Thomas Corneille.

Imprimé à ROVEN, *Et se vend*

A PARIS,

Chez

AVGVSTIN COVRBE', au Palais, en la Gallerie des Merciers, à la Palme.

Et

GVILLAVME DE LVYNE, Libraire Iuré, au Palais, en la Gallerie des Merciers, à la Iustice.

M. DC. LXII.

AVEC PRIVILEGE DV ROY.

A
SON ALTESSE
ROYALE
MONSEIGNEVR
FRERE VNIQVE
DV ROY.

ONSEIGNEVR,

L'Ambition a pris trop d'empire
sur Maximian, pour le laisser en pouuoir de s'en dédire , & le nouuel
orgueil qu'il fait paroistre à ne choisir
pas vn moindre Protecteur que

á ij

VOSTRE ALTESSE ROYALE, doit estre excusable en celuy qui luy a tout sacrifié. S'il imita Diocletian dans sa retraite, il ne l'imita pas dans le motif qui luy en fit rechercher la douceur. L'vn sortit du Trône pour jouïr du calme qu'il n'y auoit pû trouuer, & l'autre portant sa fierté jusqu'à vouloir se mettre au dessus de soy-mesme, parce qu'il ne voyoit plus rien qui ne fust au dessous, ne vit pas qu'il ne le pouuoit faire qu'en cedant vne place, qu'il chercheroit vn iour à reprendre aux dépens du sang qui luy deuoit estre le plus cher. Le succez l'a tiré d'erreur. Il a connu par là ce que son emportement auoit de condamnable, & il en rougit d'autant plus qu'il n'est pas assez mal instruit des

sentimens de *V. A. R.* pour s'appro-
cher d'Elle, sans craindre la juste indignation qu'Elle en prendra. Mais,
MONSEIGNEVR, quelque
aueuglement qui l'ait pû seduire,
l'hommage qu'il cherche à vous rendre en marque un assez noble repentir ; & si la tache dont il a noircy
son nom en recourant au crime pour
s'éleuer, l'a fait passer pour le plus
ambitieux des Princes, il croit qu'il
ne la peut reparer plus aduantageu-
sement, qu'en se soûmettant à celuy
qui en est le plus moderé. C'est par
là, MONSEIGNEVR, qu'il
vient aux pieds de *V. A. R.* se dé-
poüiller de l'imperieuse fierté qui l'a
perdu, & admirer en mesme temps
en Elle, comme dans sa source, ce haut
principe de vertu qui fait la verita-

EPISTRE.

ble grandeur des belles ames. Vous
l'auez soûtenu auec tant d'éclat dans
vn temps où l'vsage en estoit le plus
difficile, que toute l'Europe en a parlé
auec admiration. La malignité d'vn
espoir, dont tout autre que vous se fust
laissé chatoüiller dans le malheur dont
nous fûmes menacez, ne pût alterer
vn moment cette Heroïque modera-
tion auec laquelle vous regnez si abso-
lument sur vous mesme. Vostre douleur demeura aussi ferme que nos soûpirs, & vous ne pouuiez justifier
par vn plus illustre effort, que si la
Fortune auoit esté assez injuste pour
vous enuier l'auantage d'estre né au
milieu des Couronnes, elle n'auroit pû
vous oster celuy de les meriter. Estre
petit-Fils de HENRY LE GRAND,
Fils de LOVYS LE IVSTE,

EPISTRE.

& Frere du plus *AVGVSTE*
MONARQVE, à qui la France
ait esté soûmise, sont des tiltres si
brillants, qu'il n'est point ailleurs de
gloire qui en approche. Mais, MON-
SEIGNEVR, il est beau de pouuoir dire à la vostre, que si le rang
qu'ils vous asseurent estoit un priuilege acquis à la solide vertu, vous n'auriez dû qu'à vous mesme la splendeur
que vous en receuez. Ie ne parle point
de cette haute generosité qui regle tous
vos sentimens, de cette exacte pruden-
ce qui accompagne tout ce qu'ils vous
inspirent, & de tant d'autres belles
qualitez dont la merueilleuse vnion se
rencontre en la personne de V. A. R.
Quoy qu'elles soient également estima-
bles par tout, il suffit qu'elles puissent
entrer dans le partage du reste des

hommes , pour paroiſtre d'vn prix
moins releué dans ceux que le Ciel a
mis au deſſus d'eux. Mais il en eſt de
particulieres aux Princes, où la plus
forte eſtude ne peut rien pour ceux qui
ſont nez dans vne moindre éleuation.
Elles ſont de la dépendance de leur
rang, & comme la marque eſſentielle
de leur Caraktere ; & c'eſt cette marque Auguſte que V. A. R. s'attache à
faire éclater dans toutes ſes actions.
Vous y donnez tous vos ſoins,
MONSEIGNEVR, & cette
noble inclination qui s'explique ſi
ſouuent pour tant de monde par les
effets les plus aduantageux, ſemble ne
trouuer iamais d'occaſions aſſez am-
ples de s'exercer. Il n'y a point de
charme où vous vous montriez plus
ſenſible ; le bien que vous faites eſt ce-

luy que vous estimez proprement à
vous, & rien ne vous flate plus
agreablement que la pensée de ce Prin-
ce, qui croyoit auoir perdu un iour,
quand il n'auoit obligé personne. C'est
en l'imitant que vous augmentez ce
que vous ne sçauriez affoiblir ; vous y
trouuez ce qui vous rend digne de vous
mesme ; & les rayons que vous aimez
à répandre de vostre Grandeur par les
graces que vous daignez faire, en sont
autant que vous adjoûtez à l'éclat
dont elle brille. Pour moy, MONSEI-
GNEVR, que de si viues lumieres
mettent hors d'estat de les soûtenir, ie
baisserois encor les yeux, & reuererois
en secret ce que ie ne puis assez admirer, si par un effet de ces mesmes graces, qu'il a pleu à V. A. R. d'étendre
jusqu'à moy, Elle n'eust enhardy mon

zele à luy confacrer vn Ouurage que ie
croyois ſi peu digne de luy eſtre offert.
L'adueu qu'Elle m'a fait l'honneur de
m'en donner m'eſt d'autant plus glo-
rieux, qu'il en enferme vn autre qui
faiſoit ma plus ardente paſſion ; c'eſt
celuy de vous oſer proteſter, que rien
n'approchera iamais de la reſpectueuſe
& profonde ſoûmiſſion, auec laquelle
ie ſuis & ſeray toute ma vie,

MONSEIGNEVR,

De VOSTRE ALTESSE ROYALE,

Le tres-humble, tres-obeïſſant,
& tres-fidelle ſeruiteur,
T. CORNEILLE.

Extrait du Priuilege du Roy.

PAR grace & Priuilege du Roy, donné à Paris le seiziéme May 1662. Signé par le Roy en son Conseil, GVITONNEAV. Il est permis à GVILLAVME DE LVYNE, Libraire Iuré, de la ville de Paris, de faire imprimer deux Pieces de Theatre, de la Composition des sieurs CORNEILLE, intitulées SERTORIVS, & MAXIMIAN, pendant sept années : Et défences faites à tous autres de les imprimer, vendre ny debiter d'autres Editions que celles de l'Exposant, à peine de trois mil liures d'amende, & de tous dépens, dommages & interests, comme il est plus amplement porté par lesdites Lettres.

Acheué d'imprimer le dernier May 1662. A ROVEN, par L. MAVRRY.

Les Exemplaires ont esté fournis.

Registré sur le Liure de la Communauté le 23. May 1662. Signé, DV BRAY.

ACTEVRS.

CONSTANTIN, Empereur.

MAXIMIAN, Pere de Fauste.

FAVSTE, Femme de Constantin.

CONSTANCE, Sœur de Constantin.

SEVERE, Lieutenant General des Armées de l'Empereur.

LICINE, Amant de Constance.

MAXIME, Capitaine des Gardes de l'Empereur.

MARTIAN, Confident de Maximian.

FLAVIE, Confidente de Fauste.

LVCIE, Confidente de Constance.

Suite de l'Empereur.

La Scene est à Marseille.

MAXIMIAN,

MAXIMIAN,
TRAGEDIE.

ACTE I.

SCENE PREMIERE.

MAXIMIAN, LICINE.

LICINE.

SEIGNEVR, ie le confeſſe, on ne
    peut plus rien faire,
Dont la glóire ne cede à celle de Se-
    uere;
L'honneur d'auoir rangé la Gaule ſous nos loix
Adjoûte vn nouueau luſtre à ſes autres exploits,
Et de plus beaux lauriers aprés cette conqueſte
Auront peut-eſtre peine à couronner ſa teſte.
Pour s'acquiter vers luy, ie voy ſans murmurer
Que du nom de Ceſar en ſonge à l'honorer;

A

Mais ce rang luy doit estre assez de recompense,
Sás en prédre aucun droit sur le cœur de Constance,
Et ie ne puis, Seigneur, que ie ne sois surpris
De voir qu'à tát de gloire on joigne vn si haut prix.

MAXIMIAN.

Cette gloire où pour luy ie voy que l'on s'obstine,
A lieu d'estre sensible au genereux Licine,
Et si j'en estois crû, l'on verroit aujourd'huy
Vn peu moins de distance entre Seuere & luy.
Dans vn pareil degré de vertu, de merite,
Constantin doit à l'vn quád vers l'autre il s'acquite,
Et quoy qu'ait fait Seuere, il est beau de penser
Que qui l'esleue trop semble vous abaisser;
Mais d'vn retour brillant de plus d'vne victoire,
Le seul rang de Cesar peut consacrer la gloire;
Et sans voir que c'est faire yn attentat sur vous...

LICINE.

Non, Seigneur, de ce rang ie ne suis point jaloux,
Qu'il coure vers le Trône où son destin l'entraine,
Qu'on l'y comble d'hôneurs, ie le verray sans peine,
Mais pour partage au moins, asseuré d'y monter,
Qu'il laisse à mon espoir vn cœur à disputer.
I'en dis trop, mais en vain ie me fais violence,
Pour pouuoir de mes vœux vous cacher l'arrogance,
Du malheur qui les suit l'aspre necessité
Arrache à mon respect l'aducu de leur fierté;
De mille attraits diuins la Princesse est pourueuë,
Sa beauté charme tout, j'ay des yeux, ie l'ay veuë,
Et dans ce droit pressant qu'elle a de tout charmer,
Puisque j'ay pû la voir il m'a falu l'aimer.
Non qu'enfin ie demande en l'ardeur qui me presse
Que contre elle pour moy l'Empereur s'interesse;
Qu'il souffre seulement que pour donner sa foy,
Elle n'ait dans ses vœux à consulter que soy;

La grandeur de son rang est peu digne d'enuie
Si sous son fier éclat il la tient asseruie,
Et fait dépendre vn cœur né pour donner des loix
Du besoin de l'Estat, & non pas de son choix.
Daignez-en à ma flame épargner le supplice,
Vos conseils peuuent tout contre cette injustice;
Et quoy qu'à l'Empereur ils vueillent inspirer,
Il vous estime trop pour n'y pas déferer.

MAXIMIAN.

Depuis que Constantin en espousant ma fille
A remis malgré moy le Trône en ma famille,
Pour soûtenir vn rang que l'on m'a veu quitter
Il a crû presque en tout me deuoir consulter:
Mais l'éclat des grandeurs qu'il destine à Seuere
De sa sœur auec luy rend l'hymen necessaire,
Et dans ce grand projet on doit peu s'estonner
S'il luy prescrit vn choix qui la doit couronner.
C'est par là qu'ayant sçeu l'amour qui vous engage,
I'ay du Trône à Seuere enuié l'auantage,
Et combatu long-temps ce partage inégal,
Dont l'injustice accable vn illustre Riual;
Mais la Gaule soûmise emporte la balance,
Constantin donne tout à la reconnoissance,
Et dans ce qu'il prepare, il ne peut endurer
Le vif ressentiment qui vous fait murmurer.
Il le sçait, & pour vous sa colere est à craindre.

LICINE.

L'amour qu'on desespere a-t'il à se contraindre,
Et si malgré Constance on engage sa foy,
Suis-je en estat, helas! de répondre de moy?
Encor vn coup, Seigneur, permettez moy l'audace
Qui force mon amour à vous demander grace,
Il aspire à des droits qu'on cherche à violer,
Et ma foy...

SCENE II.

MAXIMIAN, LICINE,
MAXIME, MARTIAN.

MAXIME.

L'Empereur demande à vous parler.

LICINE.

A moy, Maxime?

MAXIME.

A vous, Seigneur; son ordre presse.

MAXIMIAN à *Licine*.

Ménagez son couroux auec vn peu d'adresse,
Quand vous l'aurez quitté, j'auray soin de le voir.

LICINE.

Enfin c'est de vous seul que dépend mon espoir.

SCENE III.

MAXIMIAN, MARTIAN.

MAXIMIAN.

ET bien, cher Martian, que faut-il que j'espere?
Dans quels secrets trâsports as-tu trouué Seuere?
Licine est mécontent, & si j'en puis juger,
La Princesse offre assez dequoy nous l'engager,
Son hymen resolu tient son ame alarmée;
Mais comme enfin Seuere est maistre de l'armée,

Qu'en vain fans fon appuy j'ofe me découtrir,
Auant toute autre chofe il faut nous l'acquerir.

MARTIAN.

Vous le ferez fans peine, & la fecrete rage
Où la perte de Faufte abifme fon courage,
D'vne douleur fi forte arme fon defefpoir,
Qu'il n'eft plus en eftat d'écouter fon deuoir.
Aufli pour luy, Seigneur, la difgrace eft cruelle,
Il aime voftre fille, il fe fait aimer d'elle,
Vous approuuez fa flame, il part, & trouue enfin
Qu'elle eft à fon retour femme de Conftantin.
Ie viens de le quitter comme frapé du foudre,
Il brûle de la voir, & tremble à s'y refoudre,
Et l'amas des lauriers dont il reuient couuert,
N'a rien qu'il confidere auprés de ce qu'il perd.

MAXIMIAN.

Prenons donc à nos vœux vn temps fi fauorable,
Preffons adroitement la douleur qui l'accable,
Et l'aigriffons fi bien qu'il fe laiffe flater
De voir ma fille à luy s'il ofe l'accepter.
Par moy, de fon hymen ayant receu parole,
Monftrons-luy qu'en effet c'eft fon bien qu'on luy
       vole,
Et que iamais l'Amour n'échauffa fon defir,
Si quand il le retrouue il craint de s'en faifir.
Vn Amant qu'en fecret le defefpoir anime,
Vient infenfiblement fur le panchant du crime,
Efbloüy d'vn faux iour il aime à s'y placer,
Et pour peu qu'on le pouffe, il s'y laiffe glifler.

MARTIAN.

C'eft ce qu'attend Seuere, & puifque l'entreprife
N'eft qu'vn projet mal feur à moins qu'il l'autorife,
Mefnagez vn traité dont l'accord refolu
Vous acquiert fur l'Armée vn pouuoir abfolu.

Quand à nous seconder vous l'aurez sçeu reduire,
Licine sera moins en estat de nous nuire.
Les Conjurez sont prests , & perdant Constantin,
Aspirent chaque iour à changer de destin.
I'ay peine à retenir l'ardeur qui les emporte.

MAXIMIAN.

Et toûjours cette ardeur est également forte?

MARTIAN.

Quand quelque lâche entr'eux se pourroit déguiser,
Vous estes à couuert de ce qu'il peut oser.
Impatients du Chef que ie leur fais attendre,
Leur soupçon jusqu'à vous est bien loin de s'estédre,
Puisque pour l'empescher j'ay soûtenu d'abord
Qu'à nostre seureté nous deuions vostre mort.
C'est ce qu'à nostre Chef on doit laisser resoudre,
Et quand sur Constantin on lancera la foudre,
Vous estes en pouuoir aprés ce vain discours
De sauuer vostre gloire en vous cachant toûjours;
Luy mort , la brigue est forte à vous choisir pour
    maistre.

MAXIMIAN.

Non , Seuere a moins lieu de se faire connoistre,
Et si nos Mécontens par vn secret appuy
Ont besoin pour agir d'estre asseurez de luy,
Il faut dans le dessein qui me fait entreprendre
Cacher à d'autres yeux la part qu'il voudra prendre.
Fauste estant le seul prix qui le puisse attirer,
Si le crime est connu , que peut-il esperer?
Croira-t'il de sa mort que le sçachant coupable
L'assassin d'vn espoux luy soit iamais aimable,
Et si ce doux espoir ne flate ses souhaits;
Voudra-t'il embrasser d'inutiles forfaits?
Pour moy qui me cachant hazarde toute chose,
Ie ne refuse point d'aduoüer ce que j'ose.

Tout mon but est le Trône, & pour y paruenir,
Les chemins les plus seurs me plaisent à tenir;
Ne dy point que l'éclat à ma gloire est contraire,
Ce scrupule n'est bon qu'à quelque ame vulgaire,
Et pour te l'arracher, souuiens-toy, Martian,
Qu'en moy, qu'en me seruant tu sers Maximian.
Si j'ay de l'Auenir à craindre quelque blâme,
C'est qu'vn indigne exéple ait pû trop sur mon ame,
Quand Diocletian m'inspira le dessein
De quitter comme luy le pouuoir souuerain.
Seduit par ses conseils j'abandonnay l'Empire,
Et quand à leur foiblesse on m'a trop veu souscrire,
Le crime sera beau s'il peut me rachepter
La honteuse vertu qui me le fit quitter.
C'est sur ce grand projet, c'est sur cette esperance
Que j'ay de Constantin souhaité l'alliance,
Afin que par ces nœuds mon pouuoir augmenté
M'offrist à l'immoler plus de facilité.
Ne differons donc plus puisqu'il faut entreprendre,
La Couronne est à moy, cherchons à la reprendre,
Et par de grands effets hastons-nous d'enseigner
Qu'on doit nommer vertu tout ce qui fait regner.

MARTIAN.

L'hymen où pour Seuere on veut forcer Constance
Du succez de vos vœux nous donne l'asseurance,
Puisque Licine & luy piquez que l'Empereur...

MAXIMIAN.

Par ce nom odieux redouble ma fureur,
Et pour hâter le coup dont tu vois la menace,
Fais-moy voir, Martian, qu'vn autre est en ma place.
Ie sçay bien qu'aujourd'huy, quoy que j'ose vouloir,
C'est à mes seuls desirs à regler mon pouuoir,
Que par eux, à mon choix, j'ordonne de l'Empire;
Mais Constantin le souffre, & pourroit s'en dédire,

Et c'est pour vn grand cœur vne trop dure loy,
De tenir ce qu'il peut d'vn autre que de foy.
Il trouue, quoy qu'enfin tout cede à fa puiffance,
Ie ne fçay quelle horreur dans cette dépendance,
Et la plus abfoluë eft pour luy fans appas,
Quand il fonge qu'il regne, & peut ne regner pas.
Sur tout l'effay du Trône enfle trop vn courage
Pour luy laiffer fouffrir ce honteux efclauage,
Et pour qui l'a fçeu faire, il eft injurieux
De fe refoudre à viure, & de ceder qu'aux Dieux.
C'eft vn affront pour luy d'auoir plus qu'eux à
      craindre,
Et pour monter au faifte où l'on voudroit atteindre,
Lors que dans le feul crime on trouue du fecours,
Ie ne fçay s'il eft beau de les craindre toufiours.
Quoy qu'il en foit enfin, dans ce grand facrifice...

MARTIAN.

Seigneur, ne dites rien, voicy l'Imperatrice.

SCENE IV.

MAXIMIAN, FAVSTE, FLAVIE, MARTIAN.

MAXIMIAN.

Adame, fçauez-vous que Licine aujourd'huy
Pour fléchir Conftantin implore mon appuy?
Il adore Conftance, & l'Hymen de Seuere....

FAVSTE.

Seigneur, fa paffion n'a pû fi bien fe taire,
Qu'au malheur qui la fuit fon transport n'ait cedé,
Et pour s'en éclaircir l'Empereur l'a mandé.

MAXIMIAN.

Le coup eſt aſſez rude , & Seuere luy-meſme
Ne pourra ſans douleur luy rauir ce qu'il aime :
Mais quoy que l'vn & l'autre ait droit d'en ſoûpirer,
Icy vos intereſts ſe doiuent preferer ;
Ie vous les ay fait voir , & de quelle importance
Pour vous auec Seuere eſtoit cette alliance,
Conſtantin l'a concluë , & pour la terminer
Vous ſçauez quels conſeils vous auez à donner.

SCENE V.

FAVSTE , FLAVIE.

FAVSTE.

AH , funeſtes conſeils , dont la rigueur extréme
Me force pour ma gloire à m'immoler moy-
  meſme !
Aprés ce que mon cœur a voulu luy ceder,
Faut-il qu'il donne encor ce qu'il n'oſe garder ?

FLAVIE.

Quoy ! parmy tant d'hôneurs, & de pôpe, & de gloire,
Vous conſeruez , Madame, vne humeur ſombre &
  noire,
Et pour vaincre l'ennuy qui trauerſe vos jours,
Le rang d'Imperatrice eſt vn foible ſecours ?

FAVSTE.

S'il aſſeure à mon ſort la gloire la plus haute,
Qui me rendra le bien que cette gloire m'oſte ?
Dieux !

FLAVIE.

Vous n'acheuez point ?

FAVSTE.

Si pour Seuere...

FLAVIE.

Et bien ?

FAVSTE.

Ie t'en dis trop, helas !

FLAVIE.

Mais vous ne dites rien ?

FAVSTE.

Aprés ce nom fatal que ma douleur attire,
Soûpirer & me taire, est-ce ne te rien dire,
Et puis-je expliquer mieux qu'en secret trop charmé,
Si Seuere m'aima, Seuere fut aimé ?
Dans l'estime où pour-luy ie surprenois mon ame,
Maximian mon pere autorisa sa flâme,
Et ie n'eus pas de peine à ceder au pouuoir
Qui d'vn panchant si doux me faisoit vn deuoir.
Ainsi ce pur amour dont j'ay teû la naissance
Eclata sur l'appuy de mon obeïssance,
Et contrainte à des vœux qui n'osoient s'exprimer,
Ie vis auec plaisir qu'on m'ordonnast d'aimer.
Mais las ! cette douceur me fut bien-tost amere
Quand pour dompter la Gaule on fit choix de
        Seuere.
General de l'armée il adore vn employ
Où son bras le rendra moins indigne de moy,
De ma main en partant il reçoit l'asseurance.
Voy par là quels malheurs ont suiuy son absence.
Constantin à me voir trouue vn charme pressant,
Il m'offre place au Trône, & mon pere y consent;
I'oppose en vain ma foy par son ordre donnée,
Son pouuoir me condamne à ce triste hymenée.
I'obeïs, il s'acheue, on trahit mon amour,
Cependant aujourd'huy Seuere est de retour,

Et pour comble de maux ma gloire m'interesse
A conseiller pour luy l'Hymen de la Princesse;
Mais Dieux!

FLAVIE.

Il vient icy, Madame, songez bien...

FAVSTE.

Helas! quand on perd tout, peut-on songer à rien?

SCENE VI.

FAVSTE, SEVERE, FLAVIE.

FAVSTE.

Qvel dessein vous engage à rechercher ma veuë?
Est-ce trop peu pour moy du tourment qui me
         tuë,
Et quand à sa rigueur ie n'ay pû m'arracher,
Venez-vous pour m'en plaindre, ou me le reprocher?

SEVERE.

Madame, pour commettre vne telle injustice,
Ie dois trop de respect à mon Imperatrice.
Elle est digne du choix qui la rend ce qu'elle est,
Ie le suis de la mort dont j'ay receu l'arrest,
Et si de mes regards la langueur indiscrete
Luy fait de ma disgrace vne plainte secrete,
Le pressant desespoir qu'icy ie viens aigrir
Ne luy laissera pas long-temps à la souffrir.

FAVSTE.

Que Seuere m'offence, & que malgré son zele
La plainte qu'il étouffe en est vne cruelle!
Ne la contraignez point, & pour vous soulager,
Dites que pour vn Trône il est beau de changer.

Dites que son éclat m'ayant l'ame charmée,
Vostre perte à ce prix ne m'a point alarmée,
Que j'ay couru moy-mesme à l'infidelité,
Le reproche est bien juste , & j'ay tout merité.

SEVERE.

Quand le Ciel vous éleue au rang le plus insigne,
Est-ce vous offencer que vous en trouuer digne ?
Ie l'ay dit , & les Dieux me sont icy témoins
Si j'ay crû que pour vous ils peussent faire moins :
Mais les transports affreux où sans cesse m'expose
Des honneurs qu'on vous rend la déplorable cause,
Sont des maux que peut-estre , adorant vos appas,
Pour prix de mon amour ie ne meritois pas.
Mon cœur ne peut s'offrir cette funeste image
Sans en trembler d'horreur , sans en fremir de rage,
l'aime , on veut que j'espere , & par vn coup fatal
Ie vois tout ce que j'aime au pouuoir d'vn Riual;
Mon malheur fait sa gloire, il triõphe ; ah Madame,
Auez-vous bien conçeu ce tourmẽt dans mon ame,
Et si son triste excez semble vous étonner,
L'auez-vous pû cõprendre,& m'y voir condamner?

FAVSTE.

Ouy, ie l'ay pû, Seuere , & preste à m'y contraindre,
l'ay veu ces maux affreux qui vous rédent à plaindre,
De voftre amour trahy j'ay veu le defefpoir,
I'en ay veu tout l'excez , mais j'ay veu mon deuoir,
Et quelques durs malheurs où ce deuoir me liure,
Ie n'ay pû balancer vn moment à le suiure.
Non qu'à ses tristes loix on m'ait veuë obeïr,
Qu'il n'en ait à mon cœur cousté plus d'vn soûpir.
Comme vous en teniez la conqueste assez chere,
Il en fit voftre bien par l'ordre de mon pere,
Et peut-estre jamais il ne l'euft retiré
Si pour vous l'arracher il ne l'euft déchiré.

Vous

Vous en voyez l'effet dans ce defordre d'ame
Qui fuit le fouuenir d'vne fi belle flâme,
Et le trouble où ie fuis eft vn aueu fecret,
Que reduit à vous perdre, il vous perd à regret.

SEVERE.

Trifte foulagement dans vn mal fans remede !
Voftre cœur eft vn bien que mon amour poffede,
Et quand il me tient lieu de cent Trônes offerts,
On me l'ofte à regret, mais enfin ie le perds.
Accablé du deuoir qui veut qu'on le retire,
Qu'importe qu'il fe rende, ou bien qu'on le déchire?
La violence eft elle vne plus douce loy,
Et pour me l'arracher en eft-il plus à moy ?
Non, non; de vos bontez ces preuues obligeantes
Ne font que rendre encor mes douleurs plus pref-
      fantes,
Plus voftre amour me tient fes charmes découuerts,
Plus ma rage s'augmente à voir ce que ie perds ;
Au lieu de me montrer qu'en vn fort fi contraire,
Ie dois tous mes malheurs au feul ordre d'vn pere,
Qu'à cét ordre à regret vous auez obey,
Dites-moy, s'il fe peut, que vous m'auez trahy.
Vous montrant infenfible à tout ce que j'endure,
Preftez à ma raifon le fecours du murmure,
Affectez des mépris dont l'outrageant aueu
Affoibliffant ma perte en confole mon feu ;
Et puifque le deuoir à bien fçeu vous apprendre,
A m'arracher ce cœur où j'eus droit de pretendre,
Par tout ce que la haine a de plus obftiné,
Arrachez-moy l'amour que vous m'auez donné.
Mais que dis-je ? Les maux à qui ma vertu cede,
Efgalent-ils l'horreur d'vn fi cruel remede ?
Puis qu'enfin voftre cœur en daigne foûpirer,
Laiffez-les moy, ces maux, ie veux les adorer.

                                                    B

Au repos le plus doux j'en prefere la peine,
Si pour la voir finir il me faut voſtre haine,
Vos mépris combleroient les rigueurs de mon ſort,
Madame, pardonnez à ce confus tranſport,
Ie cede, & me dérobe à l'erreur qui m'abuſe,
Ie veux, & ne veux pas, ie demande, & refuſe,
Ie trouue vn nouueau mal ou ie croy voir vn bien;
Mais helas! en eſt-il pour qui n'eſpere rien?

FAVSTE.

Oüy, Seuere, il en eſt, & quoy qu'en apparence
Vous puiſſiez dás vos maux garder peu d'eſperance,
Le temps & la raiſon où l'on doit recourir,
Sçauront vous aſſeurer les moyens d'en guerir.

SEVERE.

Ainſi cette raiſon à voſtre aide appelée
D'vn ſi beau feu trahy vous aura conſolée,
Et ce qu'en voſtre cœur l'amour auoit tracé
N'a plus rien que déja le temps n'ait effacé?

FAVSTE.

C'eſt ce qu'ils ont dû faire, & quoy qu'ils me pro-
      poſent,
Si mes ſens reuoltez à leur ſecours s'oppoſent,
Mon cœur ſe contraindra ſi bien à le cacher,
Qu'à peine auray-je droit de me le reprocher.

SEVERE.

Quoy, ſi de mes malheurs quelquefois il ſoûpire,
M'enuier la douceur de vous l'entendre dire?
Pourquoy me refuſer cét innocent aueu?
Vous coûteroit-il tant pour me donner ſi peu?

FAVSTE.

Trop, puis qu'il n'eſt pas tel que vous le voulez
      croire.

SEVERE.

Qu'a-t-il de condamnable?

FAVSTE.

Il hazarde ma gloire.

SEVERE.

Par ce feu, ce beau feu qu'honora voftre foy.

FAVSTE.

Ie l'eftouffe pour elle, eftouffez-le pour moy.

SEVERE.

C'eft à quoy fans effort vous fçauez vous côtraindre

FAVSTE.

Mon deuoir l'alluma, mon deuoir fçait l'efteindre.

SEVERE.

Qu'il l'efteint bien pluftoft qu'il ne fut allumé!
Et vous direz encor que vous m'auez aimé?

FAVSTE.

Adieu, Seuere, adieu; quelque effort que ie fafle,
Ie fens que malgré moy ma vertu s'embarafle,
Non que de la victoire elle ait lieu de douter,
Mais c'eft l'acheter trop que de la difputer.

SEVERE.

Quoy, vous m'abandonnez? Ah! diuine Princeffe,
Auec tant de vertu craignez-vous ma foibleffe?
Craignez-vous vn amour dont le trifte entretien
Dans tout fon defefpoir ne vous impute rien?
Conftantin eut pour foy l'authorité d'vn pere,
Vous auez obeï, vous auez dû le faire;
Quelque refte d'amour femble vous alarmer,
Ie n'y refifte point, il faut ceffer d'aimer,
N'aimez plus, j'y côfens, mais fouffrez qu'à ma rage
Vos regards...

FAVSTE.

Ie ne puis efcouter dauantage,
Vos plaintes fur mon cœur prénent trop de pouuoir,
Et plus ie vous entens, moins ie fçay mon deuoir.

Fin du premier Acte.

B ij

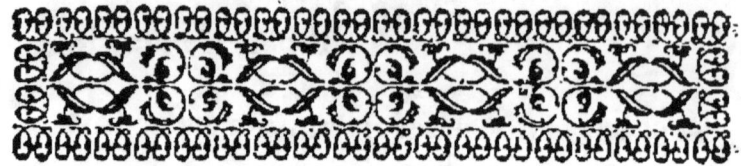

ACTE II.

SCENE PREMIERE.

CONSTANTIN, MAXIME.

CONSTANTIN.

IE l'auois bien préueu, que cette resi-
stance
Venoit d'vn feu secret qui plaist trop à
Constance,
Sans mon ordre en son cœur ce feu s'est allumé,
Et si Licine l'aime, il n'est pas moins aimé,
Ie viens de luy parler, & l'ay trop sçeu connoistre.

MAXIME.

Sa passion toûjours affectoit de paroistre,
Mais jusqu'icy, Seigneur, rien n'auoit fait juger
Que pour luy la Princesse eust voulu s'engager,
Et s'il faut qu'en secret Licine ait pû luy plaire,
De l'espoir de sa main on flate en vain Seuere,
L'Amour soûtient long-temps la gloire de son
choix.

CONSTANTIN.

Mais ie suis dans le Trône, & j'en connoy les
droits.

MAXIME. (elle,
N'en croyez point l'aigreur qui vous parle contre
Licine est vn Sujet grand, illustre, fidelle,
Et ie ne vois enfin Seuere à preferer
Que par l'Auguste rang qu'on luy fait esperer.

CONSTANTIN.
Du tiltre de Cesar ie fais sa recompense,
Mais sçais-tu que pour luy ie fais moins qu'on ne
    pense,
Et que l'éclat du rang où ma faueur le met
De mon ingratitude est le honteux effet?
Ialoux de la vertu dont le charme l'inspire,
Pour m'oster vn Riual ie partage l'Empire,
Et m'empresserois moins à le faire regner,
Si ie n'en acquerois le droit de l'éloigner :
Il soûpiroit pour Fauste, & jamais l'esperance
N'auoit d'vn plus beau feu soûtenu la constance,
Quand la guerre allumée armât pour moy son bras,
Le plonge en des malheurs qu'il ne préuoyoit pas.
Tandis que sa valeur soûtient mon Diadême,
Mon Hymen resolu luy vole ce qu'il aime :
Fauste cede, mais las ! son chagrin fait trop voir
Que son obeïssance est deuë à son denoir.
Quelque effort, quelques soins que mon adresse
    employe,
La Couronne est trop peu pour luy rendre sa joye ;
Par là juge à quel point s'alarme mon amour
Quand ie vois aujourd'huy Seuere de retour,
Non que ce feu secret qu'il a peine à contraindre
Offre à ma jalousie aucun sujet de craindre,
Quelque trouble en son cœur qu'il ait droit de jetter,
Fauste a trop de vertu pour m'en inquieter,
Elle en triomphera ; mais enfin ie prends garde
Que ce cœur est vn bien que ce trouble hazarde,

B iij

Et qu'à le voir souuent, quoy que puisse sa foy,
Il est bien mal-aisé qu'il n'en soit moins à moy ;
Tu sçais que ie l'adore, & que son hymenée
Tenoit de tous mes vœux l'auidité bornée :
Mais ie ne puis souffrir que dans des nœuds si doux,
L'Amant n'ait point de part au bon-heur de l'Espoux.
Sans cesse à mon repos ce dur chagrin s'oppose,
La douceur de l'effet se corrompt par sa cause,
Et mon cœur que confond ce iuste desespoir,
En faueur de l'amour est ialoux du deuoir.
Ne t'étonne donc plus du choix que j'ay sçeu faire,
En couronnant ma Sœur il engage Seuere,
Et par ce prompt hymen l'oblige d'étouffer
Vn amour dont luy seul a droit de triompher.
Outre qu'auecque luy partageant ma puissance,
Ie l'éloigne des lieux où ie crains sa presence,
Et le faisant regner où ie ne seray pas,
I'empesche... Mais Constance adresse icy ses pas,
Sçachons ses sentimens.

SCENE II.

CONSTANTIN, CONSTANCE,
MAXIME, LVCIE.

CONSTANTIN.

Ma sœur, j'ay peine à croire
Vn bruit sourd que l'Enuie oppose à vostre gloire,
Quand par ce que ie dois aux tendresses du sang
Ie veux vous éleuer à l'éclat de mon rang,
l'apprends que vous souffrant vn indiscret murmure,
Ces marques de bonté vous tiennent lieu d'injure,

Et que vous dédaignez dans le choix d'vn Espoux
Celuy que l'amitié m'a fait faire pour vous.
Seuere aura peut-estre assez de deference
Pour forcer par respect ses desirs au silence;
Mais si trop de fierté tient les vostres seduits,
Sçachant ce que ie veux, craignez ce que ie puis.

CONSTANCE.

Ces soins de m'éleuer à la grandeur suprême
Sont sans doute l'effet d'vne tendresse extrême,
Et les profonds respects qui vous marquent ma foy
Ne sçauroient m'acquitter de ce que ie vous doy;
Mais de quelque fierté que ie sois soupçonnée,
Ie répons mal, Seigneur, au sang dont ie suis née,
Si ie ne tiens le Trône vn bonheur imparfait
Quãd la menace est jointe à l'offre qu'on m'en fait.
Quelque éclatant qu'il soit, forcer d'y prendre place,
C'est imposer vn joug, & non pas faire grace,
Et pour m'y donner part, l'hymen qu'on me prescrit
Me l'asseruit bien moins qu'il ne m'assujetit.
Dans les droits que pour luy l'on veut que j'aban-
      donne,
Bien-loin qu'il soit à moy, c'est à luy qu'on me dõne,
Et mon ambition s'en laisse en vain flater
Si mon cœur est le prix dont ie dois l'acheter.

CONSTANTIN.

Ce prix est-il si haut, que tout couuert de gloire,
Tout brillant de l'éclat d'vne illustre victoire,
Seuere à trop d'orgueil semble s'abandonner,
S'il en reçoit l'espoir que ie luy fais donner?

CONSTANCE.

Seuere a des vertus dignes de sa naissance,
Mais mon cœur est jaloux de son indépendance,
Et quoy que mon deuoir ait d'empire sur luy,
Il dédaigne d'aimer par les ordres d'autruy.

CONSTANTIN.

Dites, dites pluſtoſt que ce cœur temeraire
Pour ſe donner ailleurs ſe refuſe à Seuere;
Et qu'à des feux ſecrets preſtant trop de ſoûtien,
Voſtre choix pour aimer a preuenu le mien.
Licine vous adore, & l'ardeur qui l'enflame
N'a pû fraper vos yeux ſans penetrer voſtre ame;
Mais flatant des ſoûpirs ſans mon ordre écoutez,
Auez-vous oublié de quel ſang vous ſortez?
Celles de voſtre rang à qui la gloire eſt chere,
Hors le bien de l'Eſtat n'ont point de choix à faire,
Et quelque paſſion qui les vueille aueugler,
Vn ſi noble intereſt la doit toûjours regler.

CONSTANCE.

Ie ſçay que plus le rang approche des Couronnes,
Plus ſa fiere grandeur aſſeruit nos perſonnes,
Mais ie ne ſçay pas moins quel injuſte attentat
Font ſouuent ſur nos cœurs ces maximes d'Eſtat;
Non que vous deuant tout le mien les examine,
C'eſt ſans aueuglement que j'eſtime Licine,
Et ſon amour n'a rien qui me puiſſe eſbranler,
Si-toſt qu'à voſtre gloire il faudra l'immoler;
Mais ie puis à vos vœux me rendre vn peu con-
        traire,
Alors qu'il ne s'agit que d'éleuer Seuere,
Et ie ne dois point tant au ſoin de ſa grandeur...

CONSTANTIN.

Et bien, pour cét hymen ie fais voir trop d'ardeur;
L'Eſtat en peut tenir les droits illegitimes,
Mais ce n'eſt-pas à vous d'en regler les maximes;
Et quoy que voſtre orgueil ait peine à ſe trahir,
Qui ne ſçait point aimer doit ſçauoir obeïr.
Qu'à ſon gré d'vn Sujet voſtre mépris decide,
Il ſuffit qu'à ce choix ma volonté preſide,

Et pour oster tout lieu d'obstacles superflus,
Licine me sera garand de vos refus.
C'est luy dont l'interest trop puissant sur vostre ame
A la rebellion engage vostre flame,
C'est luy qui contre moy vous la fait soûtenir,
Et c'est luy seul aussi que j'en sçauray punir;
Il est en vostre choix d'arrester ma colere,
Mais tremblez pour sa teste, ou songez à me plaire;
Ie vous laisse en resoudre, Adieu.

SCENE III.

CONSTANCE, LVCIE.

CONSTANCE.

Qvi l'eust pensé,
Qu'à tant de tyrannie il se fust dispensé,
Qu'il eust presté la main au coup qui m'assassine ?

LVCIE.

I'en soûpire pour vous, & tremble pour Licine,
Et si de ce reuers vostre cœur combatu
N'en trouuoit le remede en sa propre vertu...

CONSTANCE.

Quel remede, Lucie, & qu'il a d'amertume
Quand l'amour est vn feu que le merite allume;
Et que le cœur atteint d'vn si charmant poison
Obtient pour luy ceder l'appuy de la raison !
Non qu'enfin la vertu n'en soit toûjours maistresse,
Mais quand à l'estouffer le deuoir l'interesse,
C'est vn combat affreux dont la triste rigueur
Du malheur du vaincu fait gemir le vainqueur.

Timide à triompher, puny par ſa victoire,
Il ſoûpire du coup qui l'immole à ſa gloire,
Et Tyran malgré luy de ſes plus chers ſouhaits,
S'il oſoit ne pas vaincre, il ne vaincroit iamais.

LVCIE.

J'oſe encor me flater d'vn ſuccez plus propice
S'il eſt vray que Seuere aime l'Imperatrice,
L'Empereur s'en alarme, & ſur vn tel ſoucy,
S'armant contre Licine, on dit... Mais le voicy.

SCENE IV.

CONSTANCE, LICINE, LVCIE.

LICINE.

DAns l'eſtat déplorable où me reduit l'Enuie,
Madame, qu'auez-vous reſolu de ma vie ?
Tout conſpire à ma perte, & ie voy l'Empereur
Du coup le plus cruel me preparer l'horreur:
Mais quoy que de mõ ſort puiſſe ordonner ſa haine,
Vous en eſtes toûjours arbitre Souueraine,
Et toute la rigueur des Deſtins irritez
Ne peut rien contre moy ſi vous n'y conſentez.

CONSTANCE.

Si pour vous en ſecret mon cœur toûjours propice
Suffit de leur courroux à rompre l'injuſtice,
Quelques maux qui ſur vous ſemblent preſts d'é-
          clater,
Vous me connoiſſez trop pour en rien redouter ;
N'attendez rien de plus, j'ay crû pouuoir ſans crime
Vous ſouffrir d'aſpirer à toute mon eſtime,

Et n'ay point balancé d'approuuer vn amour
Qu'aux yeux de l'Empereur vous ofiez mettre au
  jour.
L'éclat qu'il luy fouffroit flatant voftre efperance,
Contre vn doute importun me feruoit d'affeurance,
Et mes defirs trop prompts aidant à me trahir,
Ie crus que vous aimer ce n'eftoit qu'obeïr :
Mais enfin aujourd'huy que cette erreur bannie
Laiffe de mon deuoir agir la tyrannie,
Contrainte à m'y foûmettre, en de pareils ennuis
Faire des vœux pour vous c'eft tout ce que ie puis ;
Ie fçay que voftre amour qu'vn cruel ordre alarme,
D'vn fi foible fecours dédaignera le charme :
Mais fi c'eft peu pour luy, dans ce que ie me doy
Peut-eftre aduouërez-vous que c'eft beaucoup pour
  moy.

LICINE.

Ouy, c'eft beaucoup, Madame, & d'vn fort fi funefte
Le coup doit m'eftre doux fi cét efpoir me refte.
Quel remede à des maux fi rudes, fi preffans,
Que de les foûlager par des vœux impuiffans !
Non, non, puifque ie voy voftre amour trop cre-
  dule
D'vn pareil fentiment fe former vn fcrupule,
Qu'il s'abandonne entier à ce cruel deuoir.
Qui cherche à triompher de tout mon defefpoir.
Ne vous reprochez point d'auoir efté facile
Iufques à m'accorder vn fouhait inutile,
Confentez à ma perte, & purgez voftre foy
De l'indigne pitié qui vous parle pour moy.
Ce cœur dont voftre amour faifoit toute la gloire,
Ne vaut pas qu'vn foûpir foüille voftre victoire,
Et vous laifferiez voir vn courage abatu
Si vous n'eftiez cruelle à force de vertu.

CONSTANCE.

J'excuse des transports qui trop prompts à paroître
Suiuent l'aueuglement du feu qui les fait naître,
Mais si par la raison il se laisse éclairer,
Vous n'aurez pas long-temps sujet de murmurer :
Voyez ce que ie suis, & ce que l'on m'ordonne,
Au choix qu'on me prescrit ma gloire m'aban-
    donne,
Contre vous, contre moy, tout conspire à s'armer,
Dans ces extremitez que puis-je faire?

LICINE.

                                        Aimer.
Que sans cesse on oppose obstacles sur obstacles,
L'Amour pour les brauer est fertile en miracles,
Des plus rudes assauts sans peine il vient à bout,
Et pourueu que l'on aime, on triomphe de tout.

CONSTANCE.

Quoy que vous en croyiez, tout ce que ie puis faire
C'est d'oser expliquer ma contrainte à Seuere,
D'obtenir son refus pour pretexte du mien :
Mais aprés cét effort ne me demandez rien.

LICINE.

Quoy, si l'ambition l'oblige à se défendre
De ceder à ma foy ce qu'elle osoit attendre,
Cette fiere vertu que vous mettez au iour,
Fera de vostre cœur le prix de son amour?

CONSTANCE.

Iugez-en par mon rang qui vous force à le croire,
Plus il est éleué, plus ie dois à ma gloire;
Et ie souffriray moins à la laisser agir,
Qu'à jouïr d'vn bon-heur dont j'aurois à rougir.

LICINE.

Ainsi vous l'aimerez si le deuoir l'ordonne?
A quels aspres tourmens cét aueu m'abandonne!

                                        Co

Ce seroit donc trop peu pour remplir ce deuoir,
Que vous fissiez alors effort à le vouloir:
Il faut pousser plus loin vostre rigueur extrême,
Et pour luy contre moy répondre de vous-mesme.
Non, non, n'opposez plus à mon ennuy secret
Le charme injurieux de me perdre à regrets.
Quand la vertu demande vn si dur sacrifice,
On peut bien souhaiter que le cœur obeïsse,
S'efforcer d'en bannir ce qui pût l'enflâmer,
Mais qui croit le pouuoir n'a sçeu jamais aimer.
Ce prompt dégagement vn peu trop volontaire,
Du vray, du vif amour dément le caractere;
Et c'est aimer bien peu, qu'estre seur d'vn secours,
Qui nous mette en pouuoir de n'aimer pas tou-
 jours.　　CONSTANCE.
Quoy que le trop de zele où pour vous ie m'engage,
D'vn reproche pareil deust m'épargner l'outrage,
Ie ne déguise point qu'en cette extremité
Il me seroit bien doux de l'auoir merité:
A ma triste raison mon ame plus soûmise
De mes sens reuoltez preuiendroit la surprise,
Et leur rebellion, par vn indigne éclat,
Ne me coûteroit pas la honte du combat.
　　　　LICINE.
Que de vertu, Madame, & que ie suis à plaindre,
Puis qu'à tant d'injustice elle peut vous contraindre,
Qu'il faille me haïr jusqu'à vous opposer
Au regret de la mort que vous m'allez causer!
Pour moy qu'vn sang plus bas, & ma triste disgrace
Semblent authoriser d'auoir l'ame plus basse,
Ie ne me deffends point de tous les mouuemens
Qu'vne aueugle fureur met au cœur des Amans,
N'ayant qu'elle en mon mal à choisir pour remede,
Il n'est rien que ie n'ose auant que ie vous cede,
　　　　　　　　　　　C

Et j'auray lieu peut-eſtre en ce reuers fatal
De rendre mon malheur funeſte à mon Riual.
Mais ie le voy ; Madame, agréez ma retraite,
Sa preſence m'aigrit quand la voſtre m'arreſte,
Et ie craindrois enfin de ne pouuoir calmer
Les tranſports violens qu'elle a droit d'animer.

SCENE V.

CONSTANCE, SEVERE, LVCIE.

CONSTANCE.

I'Aſpirois à vous voir, Seuere, & ce merite
Dont le brillant éclat pour vous me ſollicite,
M'oblige à prendre part aux ſurprenants exploits
Qui du Trône aujourd'huy vous acquierent les
    droits.
Pour payer ce qu'on doit à voſtre grand courage,
L'Empereur auec vous en reſout le partage.
Il fait plus, & c'eſt peu que de vous couronner
Si ma main n'eſt vn prix qu'il me force à donner.
I'obeïray ſans doute, & quoy qu'il en arriue,
Mon fier deuoir tiendra ma volonté captiue,
Mais s'il faut, pour répondre à cét ordre inhumain,
Ioindre le don du cœur à celuy de la main,
Comme ie me connois hors d'eſtat de le faire,
Ie vous eſtime trop pour vouloir vous le taire ;
C'eſt à vous là-deſſus à regler vos deſſeins,
Mon bonheur, mon repos, tout eſt entre vos mains,
Peut-eſtre qu'il ſeroit d'vne ame magnanime
De ne pas abuſer d'vn deuoir qui m'opprime,

Mais vous vous connoissez, & iamais on n'eut droit
D'exciter vn grand cœur à faire ce qu'il doit,

SEVERE.

Madame...

CONSTANCE.

Adieu, c'est trop, Maximian s'auance,
Ie vous ay répondu de mon obeïssance,
Et seur à vostre choix du nom de mon espoux,
Vous m'apprendrez vous mesme à bien juger de
vous.

SCENE VI.

MAXIMIAN, SEVERE.

MAXIMIAN.

QVoy, pousser des soûpirs en quittant la Princesse?

SEVERE.

Ah, Seigneur, épargnez la douleur qui me presse,
Ie ne vous parle point en amant outragé
De l'abysme des maux où vous m'auez plongé,
C'estoit à mon orgueil vn attentat insigne
D'écouter vn espoir dont ie n'estois pas digne.
Le rang d'Imperatrice, & l'éclat qui le suit,
Valent bien la disgrace où ie me vois reduit;
Mais si quelque pitié pour moy vous interesse,
Sauuez-moy d'vn refus honteux à la Princesse,
Préuenez vn éclat où ie suis resolu.
I'aime, Seigneur, helas! vous l'auez bien voulu,
Et quoy que sans espoir l'amour soit vn supplice,
Puisque c'est mõ seul bien, souffrez que j'en joüisse,

C ij

Par vn hymen illuſtre on tente en-vain ma foy,
En-vain on veut qu'vn Trône ait des charmes pour
　moy;
C'eſt vn ſurcroiſt de rage à ma douleur extrême,
Ie ne veux que mourir aux yeux de ce que j'aime,
Luy ſoûmettre mes iours, & les abandonner
A la triſte langueur qni les doit terminer.

MAXIMIAN.

Quoy, Seuere, il ſe peut que le ſort qui t'outrage
Te faſſe des malheurs plus grands que ton courage?
Apprens, apprens les miens, & pour ſortir d'erreur
Voy comme la Fortune accablé vn Empereur.
Si j'oſay la brauer en dédaignant l'Empire,
A ſon tour contre moy ie voy qu'elle conſpire.
En vain auprés d'vn fils des Romains adoré
Ie croy joüir du calme où j'auois aſpiré;
Redoutant mes conſeils, ce fils, l'ingrat Maxence
Par mon éloignement affermit ſa puiſſance;
On me bannit de Rome, & tel eſt mon deſtin,
Qu'il me faut rechercher l'appuy de Conſtantin.
Contre ſa tyrannie il m'offre vn ſeur azyle,
Et quand auprés de luy ie me croy tout facile,
Loin d'obtenir pour toy l'adueu de ton amour,
I'apprens quel intereſt t'éloigne de ſa Cour.
Deuenu ton Riual, il veut que ton abſence
Laiſſe dans ſes projets agir ſa violence,
Et tout ce qu'à ton feu l'honneur me fait de-
　uoir
Eſt forcé de ceder à ſon lâche pouuoir.
Ainſi plus le Tyran que l'Eſpoux de ma fille,
Il vſurpe mes droits juſques ſur ma famille,
Et mes vœux par contrainte à ſes ordres ſoû-
　mis
Sont l'effet du repos que ie m'eſtois promis.

SEVERE.

C'eſt trop, Seigneur, c'eſt trop, tant de bonté m'ac-
cable,
Le Deſtin a rendu ma perte irreparable :
Mais l'intereſt de Fauſte eſtant à preferer,
Quand il la met au Trône en dois-je murmurer?
Non, il luy fait juſtice, & pourueu qu'on s'oppoſe
A l'Hymen où pour moy l'Empereur ſe diſpoſe,
Qu'on ne me force point à l'éclatant refus.

MAXIMIAN.

Et ſi ie te diſois que ie veux faire plus?
I'ay beſoin ſeulement de trouuer dans Seuere
Cette fermeté d'ame aux Heros ordinaire :
Elle aide à repouſſer le ſort le plus affreux,
Et ſi tu l'as enfin, tu n'es plus malheureux.

SEVERE.

Ah Seigneur, pour guerir le mal qui me poſſede,
La grandeur de courage eſt vn foible remede;
Contre vn ſi rude aſſaut il n'eſt point de vertu,
Et qui ſçait bien aimer.....

MAXIMIAN.

                    Mais enfin aimes-tu?
Sous vn indigne joug Conſtantin me fait viure,
Aux plus cruels ennuis ſa lâcheté te liure,
Sur tous deux ſa rigueur aime à ſe découurir,
Ie ſuis las d'eſtre eſclaue, es-tu las de ſouffrir?

SEVERE.

Seigneur.

MAXIMIAN.

        Explique-toy ſans que rien te retienne,
Ton choix ſeul peut reſoudre ou ſa perte ou la
mienne,
Et dans ce que m'inſpire vne juſte fureur,
C'eſt à toy d'ordonner des iours d'vn Empereur.

Dans l'ardeur du repos où fans ceffe j'afpire,
Il m'eft dur de fonger à reprendre l'Empire,
Mais j'ay le cœur trop haut pour ofer me trahir
Iufques à me foûmettre à l'affront d'obeïr.
Ma fille eftoit à toy, ie t'en donnay parole,
Le lâche Conftantin malgré moy te la vole,
Sa tyrannie eft prefte à luy coûter le iour,
I'ay confulté mon cœur, confulte ton amour.

SEVERE.

L'écouter fur vn crime....

MAXIMIAN.

　　　　　　Et quoy, tu t'embaraffes?
Les crimes ne font faits que pour les ames baffes,
Qui de leur fermeté s'ofent trop défier
Pour fe croire en pouuoir de les juftifier.
Sur ce fcrupule en vain tu trembles à refoudre,
Il n'eft rien de honteux pour qui s'en peut abfoudre;
Et quoy qu'on puiffe ofer, c'eft aux foibles efprits
A rougir d'vn forfait dont le Trône eft le prix.
Non que les mouuemens que ie te fais paroiftre
Demandent que ton bras s'arme côtre ton Maiftre;
Pour te laiffer ta gloire, & contenter tes vœux
Le fecret de ta part eft tout ce que ie veux,
Ie feindray comme toy d'ignorer l'entreprife,
Et pourueu qu'en effet ton adueu l'authorife,
Me laiffant fans obftacle agir dans le Palais,
Ie n'en voy guere à craindre au deffein que ie fais:
Tu peux tout fur l'Armée, & c'eft affez te dire,
Qu'en vain fans ton appuy par mon ordre on con-
　　　fpire.
Si pour Faufte à l'amour ton cœur craint d'obeïr,
Ie verray fans regret que tu m'ofes trahir,
Mon fort dépend de toy, mais j'ay cét aduantage
Qu'au moins ie me vois feur de fortir d'efclauage,

Puſque quelque ſuccez qui ſuiue mon effort,
Il aſſeure à mes vœux ou le Trône, ou la mort.

SEVERE.

Le deſordre où me jette vne telle entrepriſe
Ne ſoùffre point, Seigneur, que ie vous le déguiſe,
Il éclate à vos yeux, & ie confeſſe enfin
Que la pitié me force à plaindre Conſtantin;
Mais qu'en vous trahiſſant, j'expoſe voſtre vie
A tout ce qui rendroit ſa vangeance aſſouuie:
Connoiſſez mieux Seuere, & croyez que ma foy
Sçait trop ce qu'il faut rendre à qui fait tout pour
   moy.

MAXIMIAN.

O genereux Amy que touche ma diſgrace!
Viens dans mon cabinet ſçauoir ce qui ſe paſſe,
Conſulter Martian, & reſoudre auec luy
Si de quelque autre bras il faut chercher l'appuy.

Fin du ſecond Acte.

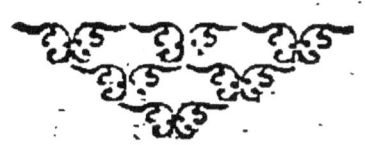

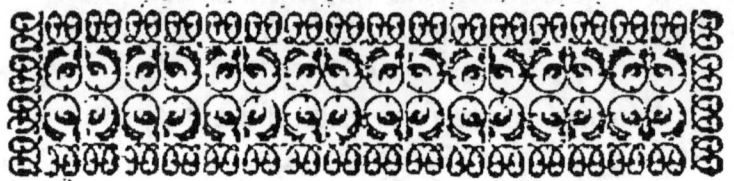

ACTE III.

SCENE PREMIERE.

FAVSTE, SEVERE.

FAVSTE.

NOn, c'est vous abuser que de l'oser pretendre,
Il n'est rien que de vous ie puisse encor entendre,
Et dans l'étroit scrupule où m'engage ma foy,
Vn second entretien est vn crime pour moy.

SEVERE.

Quoy, vous iugez si mal de l'ardeur qui m'anime,
Qu'elle puisse à vos yeux offrir l'ombre d'vn crime?
Si ce scrupule a droit de vous inquieter,
Pour en sortir, Madame, il me faut escouter.
Ie ne viens point surprendre vn reste de tendresse
Qu'à vous faire estouffer le deuoir s'interesse,
Ie viens aux dures loix de cét affreux deuoir
Immoler ce qu'on cherche à me rendre d'espoir,
Trop content, si ie puis vous faire assez connoistre,
Que n'estant point heureux j'estois digne de l'estre,

Et que dans vn grand cœur trop juſtement charmé
Iamais vn ſi beau feu ne s'eſtoit allumé.

FAVSTE.

Ah ! ſi ce charme a fait le bonheur de ma vie,
C'eſt-là ce qu'aujourd'huy l'honneur veut que j'ou-
blie,
Autrefois, ie l'aduouë, il euſt pû m'eſtre doux,
Mais deuât tout mon cœur à l'amour d'vn Eſpoux.

SEVERE.

Ie ſçay qu'à l'Empereur les droits de l'hymenée
En acquierent la part que vous m'auiez donnée,
Qu'à luy ſeul le deuoir vous fait l'aſſujettir,
Mais l'Empereur n'eſt plus ſi j'y veux conſentir.

FAVSTE.

On en veut à ſes iours?

SEVERE.

Ouy, Madame ; on conſpire,
On cherche à luy rauir & le iour & l'Empire,
Et ſi ie tiens ſecret l'attentat entrepris,
Sans auoir part au crime on me répond du prix.
L'image de ſa mort à voſtre eſprit offerte
Ne me montrera point complice de ſa perte,
Et dans le coup fatal qu'on veut faire éclater
Vous plaindrez ſon malheur ſans me rien imputer.
Pour changer de fortune il ne faut que me taire,
Tous mes maux ſont finis, on me vange, & j'eſpere;
Mais mon cœur ſuccombant à dès projets ſi bas,
Pour le cacher à tous ne me le cache pas.
Si juſqu'au plus haut point ma diſgrace eſt mon-
tée,
Du moins ie veux mourir ſans l'auoir meritée,
Et j'auray l'auantage en ce funeſte iour
D'emporter voſtre eſtime en perdant voſtre
amour.

FAVSTE.

En vain à vous l'oster on voudroit me contraindre,
Mais ie n'ay rien à dire où ie voy tout à craindre,
Et dans ce qu'à mes yeux le crime offre d'horreur,
Tout l'effort de mes soins se doit à l'Empereur.
Montrez-moy promptement la main qui l'assassine,
Parlez, est-ce vn effet de l'amour de Licine?
Il murmure, il s'emporte, & dans son desespoir...

SEVERE.

Non, Licine sans doute est ferme en son deuoir,
Il ignore le crime, & loin qu'il l'authorise,
C'est de luy seul qu'on craint obstacle à l'entreprise,
Il est Chef de la Garde, & peut tout au Palais,
Et comme on en préuoit de dangereux effets,
Ceux qu'à les préuenir la trahison engage,
Pour le rendre suspect, vont tout mettre en vsage.
C'est à vous d'empescher qu'ils n'en viennent à
     bout,
S'ils font changer la Garde ils sont maistres de tout,
Et...

FAVSTE.

     Mais à l'Empereur ont-ils pouuoir de nuire,
Si sçachant l'attentat nous le pouuons détruire?
Allons luy découurir le nom des Conjurez.

SEVERE.

Le voudrez-vous, helas! lors que vous les sçaurez?
Iusqu'icy Martian a conduit l'entreprise
Auec Pompilius Straton la fauorise,
Lucile, Eutrope, Albin, s'en declarent l'appuy,
Mais leur Chef...

FAVSTE.
Acheuez.

SEVERE.
                    Le croirez-vous de luy?

Contre vn lâche affaſin armez voſtre colere,
Mais , Madame , tremblez au nom de voſtre pere;
Pour remonter au Trône , & changer de deſtin,
Maximian....

FAVSTE.

O Dieux !

SEVERE.

   Veut perdre Conſtantin.

FAVSTE.

Quoy , c'eſt luy qui conſpire ?

SEVERE.

    Et ce qui doit ſurprendre,
C'eſt par Martian ſeul qu'il a fait entreprendre,
Sans que les Conjurez dont il eſt le ſoûtien,
Sçachent dans ce projet ny ſon nom ny le mien.

FAVSTE.

On vous trompe , Seuere , & pour noircir ſa gloire
L'impoſture a forgé ce qu'on vous a fait croire :
Maximian ne peut.....

SEVERE.

   Helas ! que n'eſt-il vray !
Mais de luy ſeul enfin ie tiens ce que ie ſçay.
Feignant qu'vn fol eſpoir auoit pû me ſeduire,
De tout par Martian ie me ſuis fait inſtruire,
Vn pere ambitieux veut perdre voſtre eſpoux,
Et ie viens pour agir prendre l'ordre de vous.

FAVSTE.

Ah , ſi ma gloire encor vous auoit eſté chere ,
C'eſt ſans m'en conſulter que vous le deuiez faire,
Et ne me pas reduire à l'affreux déplaiſir
D'eſtre forcée au choix , & de n'oſer choiſir.
Quel conſeil vous donner , à quel party me
  rendre,
Sans expoſer des iours que ie deurois défendre,

Sans qu'aux traits du Destin les voulant arracher
Il n'en coûte à mon cœur ce qu'il a de plus cher?
Si j'ose pour vn pere écouter la Nature,
Mon deuoir outragé souffre, tremble, murmure,
Et lors qu'en sa faueur ie me laisse émouuoir,
La Nature à son tour fremit de mon deuoir.
Ainsi mon innocence est par tout poursuiuie,
Ie deuiens sacrilege à moins que d'estre impie,
Et de quelque costé que panchent mes souhaits,
I'y découure aussi-tost le plus noir des forfaits.
I'ay beau haïr les noms d'ingrate & de perfide,
Ie ne m'en puis sauuer que par vn parricide,
Et de mes tristes maux l'excez monte à tel point
Que ie commets vn crime à n'en commettre point.
Ie hazarde vn espoux si ie respecte vn pere,
Il faut me declarer, on m'y force; ah, Seuere!
Si dans quelques ennuis j'ay pû vous engager,
Est-ce ainsi qu'vn grand cœur se plaist à se vanger?

SEVERE.

Continuez, Madame, & par cette injustice
Cherchez de mon amour à croistre le suplice.
Si d'vn espoir honteux il eust pû se flater
Ma vangeance estoit seure à vouloir l'accepter;
La mort qu'à l'Empereur la trahison appreste,
Faisoit cesser l'horreur de vous voir sa conqueste,
Et me vangeoit bien mieux que le pressant ennuy
D'auoir à vous resoudre, ou pour, ou contre luy:
Mais j'aurois trop par là racheté ma disgrace,
Et vous n'eussiez rien sçeu du coup qui le menace,
Si prest à faire éclat, j'eusse peu l'arrester
Sans exposer vn sang que ie dois respecter;
C'est la source du vostre, & pour me voir sans peine
Vous épargner vn choix dont la rigueur vous
gêne,

Vous

Vous n'auez qu'à souffrir que j'ose me cacher
Ce qu'exige de vous vn interest si cher.

FAVSTE.

Non, si mes tristes vœux n'osent rien se permettre,
Ce choix n'est pas vn droit qu'ils puissent vous re-
    mettre,
C'est à moy d'essayer si j'auray le pouuoir
D'accorder la nature auecque mon deuoir.
Pour sortir de l'horreur où mon esprit s'abisme,
Détournons le peril sans découurir le crime,
Quelque pressante ardeur qui force d'attenter,
On n'entreprendra rien sans vous en consulter,
Et d'vn si noir complot par vous toûjours instruite
Ie ne perds pas espoir d'en préuenir la suite;
Mon cœur aux droits du sang doit garder ce respect,
Mais ne me parlez plus de peur d'estre suspect,
A moins que l'aduis presse & qu'il soit d'importance,
Vn billet suffira pour nostre intelligence.
Tandis obseruez tout, & si les Conjurez
A faire vn prompt éclat se trouuent preparez,
Lors pour rompre le coup que leur rage médite...

SEVERE.

Ie voy Maximian, souffrez que ie vous quitte,
Vos ordres que j'attens en regleront le sort.

D

SCENE II.

MAXIMIAN, FAVSTE, SEVERE.

MAXIMIAN.

QVoy, Seuere prend soin d'éuiter mon abord,
Il me fuit, & pour luy ma veuë est vn supplice!

SEVERE.

Ma presence, Seigneur, blesse l'Imperatrice,
Et voyant ce qu'elle est, ie sçay trop mon deuoir
Pour la vouloir contraindre à l'ennuy de me voir.

Seuere sort.

MAXIMIAN.

Quelque austere vertu dont la rigueur vous porte
A traiter aujourd'huy Seuere de la sorte,
Madame, vous pourriez par maxime d'Estat
A sa dure sierté permettre moins d'éclat.
La douleur de vous perdre excite assez sa rage
Sans l'irriter encor par vn nouuel outrage,
Il est des Mécontens, vous le poussez à bout,
Et qui n'espere rien est capable de tout.

FAVSTE.

Ah, Seigneur, jugez mieux de ce qu'il en faut croire,
Soupçonnez sa douleur, mais espargnez sa gloire,
Et quelque desespoir dont il soit combatu,
Craignez-le pour sa vie, & non pour sa vertu.

MAXIMIAN.

I'en craindrois moins l'effet si l'hymen de Cõstance
Luy souffroit d'en calmer la juste violence,

Mais pour comble de maux, ie voy que l'Empereur
S'attache obstinément à luy donner sa sœur.
Sa rage impatiente en va jusqu'à l'extrême,
Et dans l'aspre douleur de perdre ce qu'il aime,
C'est engager sa flame aux derniers attentats
Que vouloir l'asseruir à ce qu'il n'aime pas.
Par mon ordre, vn des miens doit l'obseruer sans
      cesse,
Mais Licine d'ailleurs adore la Princesse,
Et ce qu'en son pouuoir son feu trouue d'appuy,
Nous montre en sa fureur tout à craindre de luy.
Du Palais à son gré c'est luy seul qui dispose,
La Garde aueuglement suit les loix qu'il impose,
Et jaloux d'vn espoir qu'on le force à quitter,
Quoy qu'il vueille entreprendre, il peut l'executer.
Ie ne déguise point que ce peril m'estonne,
I'estime l'Empereur, & crains pour sa personne,
Et la Garde changée est l'vnique secours
Qui nous puisse aujourd'huy répondre de ses iours.
C'est ce qu'il faut de luy que vos conseils obtiennent,
Tous perils sont legers pour ceux qui les préuiennét,
Et dans le moindre lieu de craindre vn attentat,
Le trop de confiance est vn crime d'Estat.

F A V S T E.

Ie sçay que pour me mettre à couuert de ces crimes
Ie ne puis faire mieux que suiure vos maximes,
Et que l'essay du Trône a sçeu vous enseigner
Tout ce qu'a de plus seur le grand art de regner.
Aussi, comme il n'est rien qu'aprés vous i'examine,
Ie veux bien me contraindre à soupçonner Licine,
Mais afin que l'affront l'en fasse moins rougir,
C'est sans aucun éclat que ie pretens agir,
Pour auoir seureté que rien ne se hazarde
Ie feray qu'en secret on obserue la Garde,

D ij

Et vois trop quels perils s'offrent à redouter
Pour laisser les moyens de rien executer.

MAXIMIAN.

Mais malgré tous vos soins si la Garde est la mesme,
L'Empereur est toûjours dans vn peril extrême,
Et ceux dont vous aurez le zele pour appuy
Sans empescher sa mort periront auec luy.
Non, non, iamais l'éclat ne fut plus necessaire,
Licine est trop suspect pour songer à le taire,
Le voicy; remarquez comme tout interdit
Dans ses transports secrets luy mesme il se trahit.

SCENE III.

MAXIMIAN, FAVSTE, LICINE.

LICINE.

VOus a-t'on aduerty de tout ce qui se passe,
Seigneur? j'ignore encor quel destin nous me-
nace,
Mais mille bruits confus courent de tous costez,
Eutrope & Saturnin viennent d'estre arrestez,
De Felix, de Lucile, on dit la mesme chose.
Chacun diuersement en soupçonne la cause,
On parle d'entreprise, on murmure, on se plaint,
Et quoy qu'on craigne tout, on ne sçait ce qu'on
FAVSTE.   (craint.
Et l'Empereur, Licine?

LICINE.

Il fait effort, Madame,
Pour ne pas découurir le trouble de son ame;

Mais fur diuers aduis qui fembloient l'alarmer,
Seul auecque Straton on l'a veu s'enfermer,
Il a mandé Maxime, & c'eft-là qu'on foupçonne
Que Maxime a receu tous les ordres qu'il donne,
Vous fçauez ceux déja qu'il a fait arrefter,
Et le refte fans doute eft tout preft d'éclater.

FAVSTE.

Seigneur, quelle furprife!

MAXIMIAN.

Elle eft telle qu'à peine
Ie puis me dérober à tout ce qui me gêne,
Par cent motifs diuers ma frayeur fe foûtient,
Et fi pour Conftantin... Mais le voicy qui vient.

SCENE IV.

CONSTANTIN, MAXIMIAN, FAVSTE, LICINE. Suite.

CONSTANTIN.

L'Auriez-vous crû, Madame? vn traiftre, vn par-
ricide
S'abandonne aux tranfports dont la fureur le guide,
Et ma vie immolée eft le tiltre éclatant
Qui luy répond du Trône où fon orgueil pretend.

FAVSTE.

On confpire, Seigneur?

MAXIMIAN.

Seigneur, eft-il poffible
Qu'à l'éclat des vertus on foit fi peu fenfible
Que fur vn lâche efpoir.....

D iiij

CONSTANTIN.

Non, non, Seigneur, iamais
Vn Souuerain n'agit au gré de ses Sujets.
Du vray discernement leurs ames incapables
Ne veulent voir en luy que des vertus coupables,
Et ces soins d'vn pouuoir qu'il cherche à maintenir
Sont des crimes secrets qu'ils ont droit de punir.
Le Ciel en ma faueur s'oppose à cette enuie,
Aux fureurs d'vn ingrat il dérobe ma vie,
Et de Straton seduit le noble repentir
M'apprenant l'entreprise a sceu m'en garantir;
Mais quoy que son rapport m'ait pû donner d'in-
dices,
I'en ignore l'Autheur si j'en sçay les Complices,
Et ie voy contre moy cent lâches declarez
Sans que son nom encor soit sceu des Conjurez.

MAXIMIAN.
Quoy, Straton ne sçait pas qui les fait entreprendre?

CONSTANTIN.
Voicy par qui, Seigneur, nous allons tout apprendre,
D'vn complot si hardy ce traistre est le soûtien.

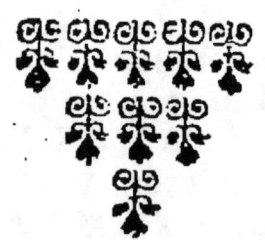

SCENE V.

CONSTANTIN, MAXIMIAN, FAVSTE, LICINE, MARTIAN, MAXIME, Suite.

CONSTANTIN.

Viens, méchant, & sur tout ne nous déguise rien,
On en veut à ma vie, & par tes artifices
Vn projet si coupable a trouué des complices.
Toy seul en sçais l'Autheur, parle, & nous fais sça-
   uoir
Quels charmes dans ma perte ont flaté ton espoir.

MARTIAN.

Seigneur, le Ciel est juste, & j'apprens de Maxime
Qu'en-vain ie tâcherois à déguiser mon crime;
Straton vous a tout dit, & de ma trahison
La plus affreuse mort vous doit faire raison.
Ie sçaurois la souffrir, sans parler, sans me plaindre,
Sans qu'à rien déclarer elle pûst me contraindre,
Si d'vn pressant remords l'indispensable loy
Ne m'arrachoit vn nom qui n'est sçeu que de moy.
Pour vn Ambitieux qui se cache à tout autre,
La mort que ie rencontre est le prix de la vôtre,
Pour luy ie l'ay jurée, & sans le découurir,
Si j'estois arresté, j'ay promis de perir;
Sur cette confiance il ose encor paroistre,
Asseuré d'vn secret dont seul ie suis le maistre:
Mais le moins que ie puisse aprés ma lâcheté,
C'est de donner sa vie à vostre seureté.

MAXIMIAN.

Dy tout , traiſtre , il eſt temps que ta rage s'explique.

MARTIAN à *Maximian*.

Seigneur, que voſtre haine à ma perte s'applique,
Si dé-ja mon forfait éclate aux yeux de tous,
Ce que j'en tiens caché ne regarde que vous.
Du ſang de l'Empereur mon lâche cœur auide
Formoit le noir deſſein d'vn ſecond parricide,
Et la meſme fureur qui ſçeut armer mon bras
Vous mettoit hors d'eſtat de vanger ſon trépas.

CONSTANTIN.

Quoy, ſur Maximian ton inſolente rage
Reſoluoit lâchement d'acheuer ſon ouurage?
Seigneur, à mon injure il ne faut plus ſonger,
C'eſt la voſtre , c'eſt vous que l'Eſtat doit vanger.
Il n'auroit rien perdu , ſi dans vn ſi grand crime
I'euſſe à la trahiſon ſeruy ſeul de victime:
Mais reſté ſans défence en perdant voſtre appuy,
Le fruit de vos trauaux periſſoit auec luy.

FAVSTE.

Iuſte Ciel !

CONSTANTIN.

Mais acheue , & ſçachons qui conſpire.

MARTIAN.

Licine peut parler , ie n'ay plus rien à dire.

LICINE.

Quoy , méchant ?

MARTIAN.

Malgré moy l'on a tout déconuert,
Et Straton me contraint de perdre qui me perd.

LICINE.

Moy, j'ay pris quelque part aux projets d'vn infame?
I'ay ſçeu ta trahiſon?

MAXIMIAN *à Fauste.*

Vous le voyez, Madame,
Lors qu'à tant de murmure il s'est abandonné,
Si c'estoit sans raison que ie l'ay soupçonné.

LICINE *à Maximian.*

Ah, Seigneur, contre moy croyez-vous l'imposture?

CONSTANTIN.

C'est donc là cette foy, pleine, sincere, pure,
Et l'hymen de ma Sœur contraire à tes souhaits,
Te fait ainsi sans peine oublier mes bienfaits?
C'est peu du rang Illustre où ma faueur t'éleue,
Si l'ayant commencé ton crime ne l'acheue,
Et si par l'attentat dans le Trône placé
Tu n'y vois de sa main ton feu recompensé.
Le Ciel ne l'a souffert que pour mieux te con-
fondre.

LICINE.

La surprise, Seigneur, m'empesche de répondre,
Et de pareils malheurs permettent rarement
Que les sens étonnez agissent librement.
Si c'est crime d'aimer vn objet adorable,
De tous les criminels ie suis le plus coupable,
Et comme à mon amour l'espoir est défendu,
La mort est le seul bien où j'auois prétendu,
M'en aduancer le coup c'est finir mon suplice;
Mais à ma gloire au moins rendez quelque iustice,
Et pour estre à couuert de tous déguisemens
Faites parler ce traistre au milieu des tourmens.
Pour tous les Conjurez imaginez des génes,
Que moy-mesme on me liure aux plus cruelles
peines,
Et dans cette rigueur forcez-vous à chercher
L'aueu des veritez qu'on aime à vous cacher.

CONSTANTIN.

En vain tu crois t'abfoudre en brauant les fuplices,
Tu n'as point d'intereſt au rapport des Complices;
Ignorant ton ſecret, qu'ont-ils à dépoſer?

MAXIMIAN.

Ceſſe en te déguiſant, ceſſe de t'abuſer.
Dé-ja de mon eſprit ton attentat s'efface,
Pourueu que l'Empereur daigne te faire grace;
Mais aduouë, & du moins par ta ſincerité,
Merite qu'il écoute vn reſte de bonté.
L'eſpoir de le fléchir ſur l'hymen de Conſtance
T'obligeoit à tenir l'entrepriſe en balance,
Et toûjours à la rompre au beſoin preparé,
C'eſt à Martian ſeul que tu t'és declaré.
Du ſuccez de ton feu tu là faiſois dépendre,
Par ſes emportemens ie l'ay trop ſçeu comprendre,
Tu ne m'as point caché que dans ton deſeſpoir
Tu ne connoiſtrois plus ny raiſon ny deuoir,
Et puiſque Martian...

LICINE.

Quoy, par ſa calomnie
L'on ſouffrira qu'ainſi ma gloire ſoit ternie?
Non, nô, Seigneur, qu'il parle, & d'vn coup ſi fatal...

MARTIAN.

Quoy qu'on vueille en juger, mon deſtin eſt égal,
Qu'on vous croye innocent, qu'on vous tienne
   coupable,
Ie vois toûjours pour moy la mort inéuitable,
Et ſi le crime vn iour au Trône vous fait ſeoir,
Il ſuffit qu'en mourant j'auray fait mon deuoir.

LICINE.

Tu fais ton deuoir, traiſtre?

CONSTANTIN.

Qu'on vous rendra juſtice,

LICINE.

D'vn si lâche imposteur redoutez l'artifice,
Seigneur, il vous perdra si vous vous asseurez....

CONSTANTIN.

Qu'on les tiéne en lieu seur, & qu'ils soient separez,
C'est trop les écouter.

LICINE.

De grace...

CONSTANTIN.

Allez, Maxime.

SCENE VI.

CONSTANTIN, MAXIMIAN, FAVSTE.

CONSTANTIN.

Madame, on ne peut trop s'étonner de leur
      crime;
Mais à l'examiner, ce qui plus me surprend,
C'est que vous le voyiez d'vn œil indifferent:
Il semble qu'insensible au coup qui me menace
De Licine en secret vous plaigniez la disgrace.
J'obserue vostre trouble, il m'accable, & j'y voy
Plus de pitié pour luy que de crainte pour moy.

FAVSTE.

Seigneur, il m'est bien dur que ma foy soupçonnée
Redouble les malheurs où ie suis destinée.
Mon silence, il est vray, renferme dans mon cœur
Ce que leur triste excez a pour moy de rigueur;
Mais dans vn mal qui porte & l'horreur & la crainte,
Qui sçait bien s'expliquer en ressent peu l'atteinte:

Et peut-estre jamais de si pressants ennuis
N'auoient autorisé le desordre où ie suis.

CONSTANTIN.

Ah , si j'estois aimé vous n'auriez pû vous taire,
Le crime eust contre vn lâche armé vostre colere,
Et du traistre Licine apprenant l'attentat,
Vostre indignation en eust marqué l'éclat.
Depuis le triste iour que mon amour extrême
Vous a par mon hymen fait part du Diadême,
Toûjours d'vn noir chagrin vostre esprit obsedé
M'a fait voir la contrainte où vous auez cedé.
La rigueur du deuoir éteignoit vne flâme
Qu'vn funeste retour rallume dans vostre ame,
Vous auez veu Seuere , & dans l'appas flateur
Où cette chere veuë entretient vostre cœur,
D'autres présumeroient qu'à luy seul attachée,
Le malheur de ma mort vous auroit peu touchée,
Et que ce feu secret qu'on ne peut ébranler,
Eust trouué les moyens de vous en consoler:
Mais...

MAXIMIAN.

Contre-elle, Seigneur, trop d'aigreur vous engage,
Au sang dont elle sort ce soupçon fait outrage,
Et d'vn feu criminel luy reprocher l'ardeur,
C'est jusques dans sa source en soüiller la splendeur

CONSTANTIN.

En l'état où ie suis ie ne sçay que vous dire,
Dans mes honteux soupçons moy-mesme ie m'ad-
　　mire,
Mais à les repousser ie fais vn vain effort,
Tout mon cœur s'abandonne à mon jaloux tran-
　　port,
Et dans les sentimens qui viennent me surprendre,
Ie voy mon injustice , & ne puis m'en défendre.

Aussi

Aufſi pour m'en punir, ma vie eſt en danger,
On conſpire, on me hait, ie veux tout negliger;
Prenez ſoin de la voſtre, & puis qu'on vous menace,
Seigneur, à voſtre choix, faites juſtice ou grace,
Puniſſez, pardonnez, ie n'examine rien.

MAXIMIAN.

Non, non, voſtre intereſt l'emporte ſur le mien,
Et comme tout l'Eſtat en vous ſeul ſe hazarde,
Le ſoin le plus preſſant c'eſt de changer la Garde,
Licine l'a choiſie, & ſa lâche fureur.....

FAVSTE.

Seigneur, ie prendray ſoin des iours de l'Empereur,
I'en connoy le peril.

CONSTANTIN.

   Ordonnez-en, Madame,
Voſtre empire eſt toûjours abſolu ſur mon ame,
Et quoy que m'offre à craindre vn deſeſpoir jaloux,
Venant de voſtre main tout me ſemblera doux.

MAXIMIAN *arreſtant Fauſte.*

Madame, l'Empereur trompé par voſtre zéle,
Loin de fuir...

FAVSTE.

   Son malheur auprés de luy m'appelle,
Seigneur, & du forfait quoy qu'on vueille eſperer,
Le Ciel pour rompre tout daignera m'inſpirer.

Fin du troiſiéme Acte.

E

ACTE IV.

SCENE PREMIERE.

MAXIMIAN, CONSTANCE.

CONSTANCE.

VOY, n'auoir point encor par l'effroy
des supplices
Cherché la verité dans le sein des Com-
plices,
Et souffrir si long-temps sans les faire parler
Tout ce que Martian a voulu reueler!
Que son rapport soit vray, que ce soit imposture,
Il faut punir Licine, ou vanger son injure,
Et l'on ne peut trop tost dans ces obscuritez
Faire effort à trouuer de fidelles clartez.

MAXIMIAN.

Madame, en ce forfait quoy que l'on examine,
Il est bon d'épargner la gloire de Licine,
Et ne penetrer pas auec tant de rigueur
Quels interests cachez ont seduit son grand cœur.
Constantin y consent; qu'on punisse, pardonne,
Auec l'Imperatrice il veut que j'en ordonne,
Et sans vouloir entendre aucun des Conjurez,
Sur l'ardeur de nos soins tient ses iours asseurez.

Ie ſçay ce que ie dois ; mais pourueu que Licine
A ne rien aduoüer juſques au bout s'obſtine,
Peut-eſtre il ſuffira pour ſa punition
D'oſter tout lieu de nuire à ſon ambition,
Et préuenant par là tout ce qu'on apprehende...

CONSTANCE.

Ah, Seigneur, ce n'eſt pas ce que ie vous de-
    mande,
Et Licine eſt d'vn rang à ne pouuoir ſouffrir
L'outrageante pitié que vous ſemblez m'offrir.
I'ay pour luy de l'eſtime, & ie l'ay fait paroiſtre,
Mais l'éclat de ſa gloire eſt ce qui la fit naiſtre,
Il la ſurprit par elle, & s'il l'a pû ternir,
C'eſt vn double attentat dont il le faut punir ;
Ainſi pour vous, pour moy, ſoyez juge ſeuere,
Point de grace pour luy s'il oſa trop me plaire,
Et ſi d'vn faux brillant les indignes appas
Luy gagnerent vn prix qu'il ne meritoit pas.

MAXIMIAN.

Iuſqu'à cette rigueur contre luy vous contraindre !

CONSTANCE.

A dire vray, Seigneur, ie n'ay pas tout à craindre,
L'attentat m'eſt ſuſpect, & pour voſtre intereſt
Du lâche Martian il faut preſſer l'arreſt.
Si de l'Autheur du crime il a ſeul connoiſſance,
La vertu de Licine en prouue l'innocence,
Et tout ce qu'il a fait ſemble eſtre vn ſeur garand
Du peu qu'il a de part dans ce qu'on entreprend.
Son nom qui n'eſt connu d'aucun autre Complice
Sous vn ſi grand ſecret cache quelque artifice ;
Et ſi Martian parle, afin de moins douter,
C'eſt dans les ſeuls tourmens qu'il le faut écouter.
Comme la verité par là ſe peut connoiſtre,
I'ay preſſé l'Empereur de condamner ce traiſtre,

Il vous en laiſſe arbitre, & dans ce plein pouuoir
Puniſſant Martian, vous pourrez tout ſçauoir.

MAXIMIAN.

Il eſt juſte, & dans peu par les plus rudes gênes
On m'en verra tirer des lumieres certaines,
Ie craignois pour Licine à trop examiner,
Mais s'il eſt innocent, qui peut-on ſoupçonner?

CONSTANCE.

Seigneur, vne belle ame incapable de crime
Ne croit former iamais de ſoupçon legitime,
Et le mien ne ſçachant où pouuoir s'arreſter,
Vous laiſſe là-deſſus Seuere à conſulter.

SCENE II.

MAXIMIAN, SEVERE.

MAXIMIAN.

Viens, il faut de nouueau reſoudre l'entrepriſe,
La priſon de Licine en vain la fauoriſe,
En vain par cét obſtacle à nos deſſeins oſté,
D'vn ſeur & prompt ſuccez mon eſpoir s'eſt flaté,
Toûjours l'Imperatrice à cét eſpoir contraire
Deſtruit par ſes conſeils tout ce que ie croy faire,
Et n'agiroit pas mieux ſi dans ce qu'on reſout,
Pour en rompre l'effet on l'inſtruiſoit de tout.
D'ailleurs de Conſtantin le procedé m'eſtonne,
A cent jaloux tranſports ſans ceſſe il s'abandonne,
Il croit qu'auecque vous Fauſte toûjours d'accord
Pour vous garder ſa foy fait des vœux pour ſa mort,
Et lors qu'à ce ſoupçon ſon trop d'amour le liure,
Quoy qu'elle luy conſeille, il ſe plaiſt à le ſuiure.

C'eſt par ſes ſeuls aduis que ſans rien y changer
De ſa Garde ſuſpecte il braue le danger ;
En vain les Conjurez luy veulent tout apprendre,
Elle ne peut ſouffrir qu'il ſonge à les entendre,
Et rompt ce que par eux , les faiſant eſcouter,
Nous pouuions eſtre ſeurs de voir executer.

SEVERE.

Cét obſtacle, Seigneur, a droit de vous ſurprendre,
Mais vous teniez trop ſeur ce moyen d'entre-
     prendre,
Le coup précipité m'en ſembloit hazardeux.

MAXIMIAN.

Non, non, il n'offroit rien à craindre que pour eux,
Et ſi leur mort ſur l'heure euſt terminé leur peine,
Celle de l'Empereur eſtoit toûjours certaine.
Les armes qu'en ſecret ie leur faiſois donner
N'auoiét rié contre moy que l'on pûſt ſoupçonner,
Et lors qu'en l'abordant, l'ardeur qui les anime
Euſt cherché dans ſon ſang le pardon de leur crime,
Par ce hardy projet maiſtres de tout l'Eſtat,
Nous n'aurions pas eu peine à cacher l'attentat.

SEVERE.

Craignez de trop ceder à l'eſpoir qui vous flate,
Quand le ſecours du Ciel pour l'Empereur éclate.
Le coup que de ſa teſte il aime à deſtourner,
Eſt peut-eſtre vn aduis de tout abandonner,
Et quoy qu'vn plein pouuoir que luy meſme au-
     toriſe
Vous laiſſe en liberté d'eſtouffer l'entrepriſe,
Redoutez vn projet dont le ſuccez douteux,
S'il tourne contre vous, n'a rien que de honteux.

MAXIMIAN.

Et ſoûmis au deſtin dont la rigueur me braue,
Tu ne crois point de honte à demeurer eſclaue,

A craindre le pouuoir qu'il m'a pleu de ceder;
Et me voir obeïr où j'ay pû commander?
Non, non, plûtost sur moy tombe cent fois la
    foudre,
Qu'on m'oblige à cháger ce qu'on m'a veu resoudre,
I'arracherois ce cœur s'il s'estoit démenty;
C'est assez qu'vne fois ie me sois repenty,
Il m'en couste l'Empire , & si pour le reprendre
Du seul secours du crime il nous faut tout attendre,
La gloire du succez que ie prends pour objet
Aura droit d'effacer la honte du projet.
Ainsi quelques perils où j'expose ma teste...

SCENE III.

CONSTANTIN, MAXIMIAN, SEVERE, Suite.

CONSTANTIN.

AH, Seigneur, que de maux le Destin nous ap-
    preste,
Et qu'on m'eust épargné de peines à souffrir
Si sans me rien apprendre on m'eust laissé perir!
Vous ne conceuiez point sur quels secrets indices
Fauste me détournoit d'entendre les Complice,
Et malgré vos conseils m'a forcé d'ordonner
Qu'vn autre prist le soin de les examiner.
Elle vous l'a remis , & n'a pas craint qu'vn pere
Par l'interest du sang refusast de se taire,
Et pour sa gloire au moins n'aidast à déguiser
Ce que les Conjurez auroient pû déposer.

MAXIMIAN.

Que dites-vous, Seigneur?

CONSTANTIN.

Que la rage & l'enuie
Par son seul ordre, helas! attentent sur ma vie,
Et que d'vn premier feu le souuenir trop doux
Luy fait tremper les mains dans le sang d'vn Espoux.

MAXIMIAN.

Ah, Seigneur, de ma fille épargnez l'innocence,
Ie vous l'ay déja dit, ce sentiment m'offence,
Et quoy que l'imposture ait osé publier,
Le sang dont elle sort la doit justifier.

CONSTANTIN.

Il le deuroit, mais las!

SEVERE.

Quoy, Seigneur, il peut estre
Que d'aueugles soupçons tombent...

CONSTANTIN.

Ne dy rien, traistre,
C'est toy de qui l'amour dans son cœur enflamé
A versé la fureur dont il est animé.
En vain tu fais paroistre vne surprise extrême,
S'il te faut des témoins ie ne veux que toy mesme :
Lâche, dans ce billet reconnois-tu ta main?

SEVERE.

O Ciel!

CONSTANTIN donnant le billet
à Maximian.

Voyez, Seigneur, s'il a part au dessein.

MAXIMIAN lit.

Quoy que de l'attentat on ait donné d'indices,
Peut-estre dés ce soir vous n'aurez plus d'Espoux,
Agissez promptement, tous est perdu pour nous
Si vous ne l'empeschez d'écouter les complices.

Il le faut aduoüer, ce coup de crime eſt grand,
Mais ſans doute, Seigneur, Seuere vous ſurprend,
L'ingrat pour ſe vanger de ſa foy mépriſée
A vos reſſentimens la veut voir expoſée,
Et par ce faux Billet qu'il vous fait ſuppoſer,
Il s'accuſe luy-meſme afin de l'accuſer.
L'ardeur de la noircir....

CONSTANTIN.

Pouuez-vous la défendre
Si moy-meſme en ſes mains ie viens de le ſur-
  prendre ?
Entré ſans l'aduertir dans ſon appartement,
I'ay ſoupçonné ſon crime à ſon eſtonnement,
Ie l'ay veuë inquiete, & comme toute émeuë
Dérober auec ſoin ce Billet à ma veuë :
Et confus de ſon trouble, au point de luy parler
Voſtre abord m'a contraint de tout diſſimuler.
Vous auez veu, Seigneur, auec quels artifices
Elle a ſçeu ſe ſouſtraire au rapport des Complices,
I'ay voulu deuant vous luy laiſſer ſon ſecret,
Et lors que reſté ſeul j'ay parlé du Billet,
Ses refus ont ſi loin porté ma défiance,
Qu'à la priere enfin j'ay joint la violence,
On va vous l'amener afin que ſa fureur
Vous oblige auec moy d'en partager l'horreur.

MAXIMIAN.

Dans l'affreux deſeſpoir où me plonge ſon crime,
Pardonnez le deſordre où ma raiſon s'abyſme,
Quoy qu'à voſtre peril le mien fuſt attaché,
Iuſqu'icy l'attentat ne m'auoit point touché :
I'eſtime peu la vie, & la main qui conſpire
M'aſſeuroit par la mort le repos où j'aſpire ;
Mais voir que ſur le Trône aprés m'eſtre vaincu
I'aye à ma gloire encor malgré moy ſuruefcu,

Tout mon fang que noircit vn fi honteux outrage
En fremit de colere, en boüillonne de rage,
Et dans l'accablement de mes triftes ennuis,
Ie me perds, ie m'égare, & ne fçay qui ie fuis.

CONSTANTIN.

Ah, fi vous l'ignorez, puis-je encor me connoiftre?
L'Amour de tous mes vœux s'eft rendu le feul
    maiftre,
Ie ne vis que pour Faufte, & la foif de mon fang
Eft le prix du beau feu qui l'éleue à mon rang.

SEVERE.

Et vous pouuez fouffrir qu'vne aueugle injuftice
Eftende fa rigueur jufqu'à l'Imperatrice?
Par fa haute vertu vos foupçons repouffez
N'ont rien...

CONSTANTIN.

Quoy, ce billet ne m'en dit pas affez,
Traiftre, & ton fol efpoir veut que ie me déguife
Qu'ainfi qu'elle auant moy tu fçauois l'entreprife?

SEVERE.

Non, fi de ce forfait mon fang vous doit raifon,
Condamnez, puniffez, j'ay fçeu la trahifon:
Mais quoy que la rigueur de vos dures maximes
De mes triftes malheurs me faffe autant de crimes,
Le fauorable arreft qui fçaura les finir,
Par la mort que j'attens n'aura rien à punir.

CONSTANTIN.

Ouy, tu mourras, perfide, & ta lâche Complice
Dans ta peine du moins trouuera fon fuplice,
Et puifque mon amour par vn tendre intereft....

SEVERE.

Ah, contr'elle, Seigneur, fufpendez voftre arreft.
Quoy que vous faffe croire vne indigne apparence,
Iamais tant de vertu ne foûtint l'innocence,

Et j'attefte les Dieux...

MAXIMIAN.

Ceffe de t'obftiner,
Si tu n'as pour témoins que les Dieux à donner.
Tes fermens dont l'audace attire encor leur foudre,
Quand ta main la conuainc, la peuuent-ils abfoudre,
Et crois-tu que le Ciel vouluft fauorifer....

SEVERE.

Quoy, vous-mefme, Seigneur, vous pouuez l'accufer,
Vous à qui fa vertu par des clartez fecretes
Pour montrer ce qu'elle eft offre ce que vous eftes,
Et pour brauer vn fort de fa gloire jaloux,
Prend pour elle en vous-mefme vn témoin contre
vous?

MAXIMIAN.

I'en aurois crû ce fang, qu'auant vn coup fi lâche
I'auois pris tant de foin de conferuer fans tache;
Mais contre vn fol amour que rien n'a pû bannir
Il n'eft point de vertu qu'il puiffe foûtenir:
Sous l'horreur furprenante où l'attentat me jette,
La Nature eftouffée a droit d'eftre muette,
Et faifi tout à coup & de trouble & d'effroy,
Ie n'entens qu'vne voix qui parle contre toy.
C'eft luy, Seigneur, c'eft luy dont l'ardeur criminelle
Force l'Imperatrice à vous eftre infidelle,
Il m'en coûte ma gloire, & pour vanger mon rang...

SEVERE.

Et bien, à cette gloire abandonnez mon fang,
Mais fongez, fi l'amour me la rendoit moins chere,
Que ie pourrois parler où ie cherche à me taire.
Comme c'eft le feul crime où j'ay fçeu m'engager,
L'Imperatrice feule a droit de m'en purger,
Par de honteux foupçons qui noirciffent fon zele
Ne me contraignez point à m'expliquer pour elle,

Son intereſt me touche, & pour le maintenir,
Mon cœur....

CONSTANTIN.

Et c'eſt dequoy ie ſçauray te punir.
Lâche, fais gloire encor de ta coupable fiâme,
On vient te ſeconder.

_____

SCENE IV.

CONSTANTIN, MAXIMIAN, FAVSTE, SEVERE, MAXIME, Suite.

CONSTANTIN.

Parlez, parlez, Madame,
Et par le noble éclat d'vn genereux amour
Faites-nous voir Seuere innocent à ſon tour;
Comme auec tant de zele il prend voſtre défence
Vous deuez quelque choſe à la reconnoiſſance,
Et ce ſera pour vous vn reproche eternel
Si lors qu'il vous abſout il reſte criminel.

FAVSTE.

Seigneur, n'attendez point qu'en faueur de Seuere
Ie cherche à déguiſer ce qu'on ne peut plus taire.
Ce Billet nous accuſe, & ce qu'il vous apprend
De noſtre intelligence eſt vn trop ſeur garand :
Nous auons crû tous deux deuoir ſuiure vn beau
    zele,
Ie l'ay rendu coupable, il m'a fait criminelle,
Mais quoy que l'vn & l'autre en ſoit moins innocét,
C'eſt vn crime loüable où la vertu conſent.

Dans les diuers malheurs où le Deſtin m'engage
Il ne m'eſt pas permis d'en dire dauantage.
Des Conjurez ſaiſis le dangereux appas
Découure l'entrepriſe,& ne la détruit pas.
Vous voyez de nouueau le peril où vous eſtes,
Apprehendez par tout des pratiques ſecretes,
Et pour conſeil vtile en de ſi lâches coups,
Si vous les voulez fuir , n'en prenez que de vous.

CONSTANTIN.

Ah , que de ce conſeil j'ay ſujet de me plaindre!
Pour confondre mes ſoins il m'oblige à tout
    craindre,
Et le peril par tout qu'il m'offre à redouter
Force mon deſeſpoir de m'y précipiter.
Vous ſerez ſatisfaite , & puiſqu'à voſtre crime
La vertu peut preſter vn appuy legitime,
De mes iours odieux le ſacrifice offert
Rendra le coup facile à la main qui me perd;
Vous aurez la douceur d'immoler à Seuere
Cét Eſpoux qu'à ſa fiâme il trouua ſi contraire,
Et malgré les tranſports de mon juſte courroux
I'ay pour vous trop d'amour pour me garder de
    vous;
Mais quoy que de vos vœux ie me rende complice,
L'empeſcheray du moins que l'ingrat n'en jouïſſe,
Et ſi ma mort a droit d'adoucir vos malheurs,
La ſienne auparauant vous coûtera des pleurs.

FAVSTE.

I'auray lieu d'en donner au malheur qui l'accable
Puis que c'eſt malgré luy qu'il s'eſt rendu cou-
    pable ,
Et qu'à mes intereſts s'oſant ſacrifier....

MAXIMIAN.

Cherchez , cherchez , Madame , à le juſtifier ,

Et quelque affront par là qui fur mon fang s'im-
    prime,
Pour le faire innocent chargez-vous de fon crime.
L'horreur du fol amour dont vos fens font bleffez
Sans ce honteux adueu n'éclate pas affez,
Il faut par vne audace, & lâche,& temeraire...
        S E V E R E.
Seigneur, encor vn coup souffrez-moy de me taire,
Et de l'Imperatrice épargnant la vertu,
Laiffez-moy le pouuoir....
        C O N S T A N T I N.
            Lâche, que dirois-tu?
        M A X I M I A N.
Seigneur, il faut qu'il parle, & qu'il nous faffe en-
    tendre
Iufqu'à quelle fureur le crime a pû s'étendre.
Dequoy qu'en l'écoutât nous puiffiós eftre inftruits,
Ie n'ay plus rien à craindre en l'eftat où ie fuis.
En-vain la vertu feule attira tout mon zele,
Plus de gloire pour moy quád Faufte eft criminelle,
Son forfait dont l'image à mes yeux vient s'offrir...
        S E V E R E.
Enfin, Madame, enfin ie n'en puis plus fouffrir,
Et quelque fort refpect qui m'oblige au filence,
C'eft trop voir l'injuftice opprimer l'innocence.
  Seigneur, le Criminel n'a plus à fe cacher,
C'eft dans Maximian qu'il vous le faut chercher,
Luy feul fait confpirer, & Chef de l'entreprife...
        C O N S T A N T I N.
Traiftre, Maximian?
        M A X I M I A N.
           I'auoüeray ma furprife,
A ce coup impréueu ie ne fçay qu'oppofer,
Mais ie m'accuferois en voulant m'excufer,
                F

Et ne puis faire mieux, pour confondre l'Enuie,
Que laisser ma défence à l'éclat de ma vie.

CONSTANTIN à *Seuere.*

Ah, lâche, c'est donc là cét important secret
Que ta jalouse rage abandonne à regret,
Et d'vn crime odieux que l'enfer te suggere,
Tu crois sauuer la fille en accusant le pere?
Mais au moins apprens-nous quel pressant interest
L'a contraint de ma mort à prononcer l'arrest?
Quand par vn noble effort que l'Vniuers admire,
Pour regner sur soy-mesme il a quitté l'Empire,
Veux-tu que par vn crime aussi noir que honteux
L'objet de son mépris soit celuy de ses vœux?

SEVERE.

A quoy qu'en sa faueur vn tel mépris vous force,
L'éclat d'vne Couronne est vne douce amorce,
Et quiconque du Trône a gousté les appas,
En conçoit mieux le prix quand il n'en joüit pas.
A son ambition vous seruiez de victime,
Il m'a dit son secret, & c'est-là tout mon crime;
J'ay veu l'Imperatrice, & crû que ses aduis
Pour rompre l'attentat deuoient estre suiuis.
Ce Billet préuenant de lâches artifices
Dérobe vostre sang aux fureurs des Complices,
Qui par Maximian secretement armez
A l'envy contre vous se fussent animez,
Vostre perte estoit seure à les vouloir entendre,
Leur crime découuert le pressoit d'entreprendre,
Il voyoit tout facile, & Licine arresté
Faisoit de ses desseins l'entiere seureté.
C'est à vous là-dessus d'estre Iuge équitable,
Licine est innocent, vous voyez le Coupable,
Et j'expose à vos yeux sans plus rien vous cacher
Tout ce que dans son crime on peut me reprocher

CONSTANTIN.

Mais fi par ce Billet ta trahifon connuë
Ne t'en euft pas fait voir la rage préuenuë,
Sans nommer ce coupable, & me rien découurir,
Ton jaloux defefpoir m'auroit laiffé perir?

SEVERE.

Pour l'arracher au crime où le Trône l'engage,
J'aurois mis en fecret toute chofe en vfage,
Et fi tous mes efforts n'euffent pû l'émouuoir,
Le peril redoublant, ie fçauois mon deuoir.

MAXIMIAN.

Ah, puifque ce deuoir eftoit inébranlable
Tu deuois m'accufer quand tu me fçeus coupable,
Et ne t'expofer pas à te voir condamné
Par le honteux filence où tu t'es obftiné.
La gloire de Licine indignement ternie
Demandoit ton fecours contre la calomnie;
Mais à ta lâcheté mon déplaifir confent,
Ie fuis feul criminel, Licine eft innocent,
Ie ne demande point qu'à force de fuplices
On tire vn jufte arreft de l'aueu des Complices,
Loin de vouloir par eux juftifier ma foy
Ie t'offre dans ma fille vn témoin contre moy:
Il eft temps qu'elle parle, & qu'aydant l'impofture
Ce nouueau parricide accable la Nature,
Le fang contre l'Amour s'explique vainement,
Et ce n'eft rien qu'vn Pere, où l'on fauue vn Amant.

FAVSTE.

Dans les cruels foupçons que mon malheur m'attire,
Apres ce que j'ay dit ie n'ay plus rien à dire.
C'eft à l'Empereur feul à bien examiner
Ce qu'il a droit d'abfoudre, ou droit de condamner,
Ou plûtoft, le peril eftant toûjours extréme,
Il doit pour s'en fauuer ne croire que foy-mefme,

Se défier fans ceffe, & pour fa feureté
Voir & craindre par tout de l'infidelité.

CONSTANTIN.

Helas ! pour mon repos ainfi que pour ma gloire
Ie ne connois que trop ce qu'il faut craindre &
　　croire,
Et d'vn feu criminel l'efpoir trop écouté,
Pour voir tous mes malheurs m'offre affez de clarté.
Il perira, le traiftre, & ma rage fecrete
Du moins par fon trépas fe verra fatisfaite;
Non que dans l'attentat il puiffe eftre accufé,
Que d'auoir fçeu le crime, & l'auoir déguifé.
Vous feule auec Licine auiez juré ma perte,
Il trouue à fon retour l'occafion offerte,
Et ne peut refufer de prefter quelque appuy
Aux indignes complots qu'on a formez fans luy,
Mais ce que ma douleur à punir s'intereffe,
C'eft qu'il m'ait lâchement volé voftre tendreffe,
Et que de mon amour ofant brauer l'ardeur,
Quand j'obtiens voftre main, il garde voftre cœur
C'eft là ce qui vers moy noircit fon innocence,
C'eft le feul attentat dont ie me dois vangeance,
Et pour voir jufqu'au bout ma haine s'enflamer,
Le crime eft affez grand de s'eftre fait aimer.
Qu'on le tienne en lieu feur. Dans vn fort fi funefte,
Seigneur, c'eft à vous feul à difpofer du refte,
Pour moy, quelques ennuis où mon cœur foit
　　plongé,
Si Seuere eft puny, ie fuis affez vangé.

SCENE V.

MAXIMIAN, FAVSTE.

FAVSTE.

AH, Seigneur, ſi jamais la pitié ſur voſtre ame
Par vn juſte pouuoir...

MAXIMIAN.

Nous ſommes ſeuls, Madame,
Et pour vous épargner des efforts ſuperflus,
Ie veux bien auec vous m'expliquer là-deſſus.
C'eſt par mon ordre ſeul que Martian conſpire,
La mort de Conſtantin me doit rendre l'Empire,
Et mon cœur inſenſible à toutes vos douleurs
Verra couler ſon ſang de meſme que vos pleurs.

FAVSTE.

Quoy, l'aueugle tranſport que vous prenez pour
guide
L'emporte ſur l'horreur d'vn ſi noir parricide,
Et par luy voſtre cœur au crime abandonné
N'épargne point l'Eſpoux que vous m'auez donné?

MAXIMIAN.

Ce tiltre de ma haine auroit dû le défendre,
Mais il eſt Empereur auſſi bien que mon gendre,
Et l'inquiete ardeur dont ie me ſens brûler
Ne l'a fait voſtre Eſpoux que pour me l'immoler.

FAVSTE.

S'il n'eſt point de fureur qu'vn nom ſi doux n'étei-
Sur quel crime aſſez grand...   (gné,

MAXIMIAN.

Il eſt au Trône, il regne,
F iij

Et dans l'abaissement du rang où ie me voy,
Quiconque est au dessus est coupable vers moy.

FAVSTE.

Peut-il l'estre vers vous d'vn Trône hereditaire?
Vostre place à remplir y fit monter son pere,
Et lors que la vertu vous l'a fait dédaigner,
Est-ce vn crime pour luy que le droit de regner?

MAXIMIAN.

Si des projets si bas surprirent ma foiblesse,
A m'en faire raison ma gloire s'interesse,
Et pour les reparer, dans l'éclat qu'ils ont eu,
Ie dois vn crime illustre à ma lâche vertu.

FAVSTE.

Quoy, reduite aux deuoirs & de fille & de femme,
Ce déplorable estat...

MAXIMIAN.

            C'est perdre temps, Madame,
Les larmes dans vos maux sont vn foible secours,
Et le Trône vaut bien les forfaits où ie cours.

FAVSTE.

Et bien, pere cruel, il faut estre cruelle,
Vostre infidelité me va rendre infidelle,
Et contre la Nature vn iuste desespoir
Fait dé-ja dans mon cœur reuolter mon deuoir:
Pour sauuer mon Espoux, j'accuseray mon pere,
Et...

MAXIMIAN.

    Vous craindray-je plus que ie n'ay fait Seuere?
Apres que son rapport n'a pû trouuer de foy,
Pour empescher sa perte, agissez contre moy,
Declarez mes desseins, accusez qui l'opprime,
Malgré vous ie me vois le maistre de mon crime,
Et sa mort me va mettre en estat de jouïr
De la pleine douceur d'auoir osé trahir.

Mais enfin de sa peine il est temps qu'on ordonne,
Vous sçauez le pouuoir que l'Empereur me donne,
I'en sçauray bien vser...

FAVSTE.

Helas!

MAXIMIAN.

Dans vn moment
Vous receurez mon ordre en vostre appartement.

Fin du quatriéme Acte.

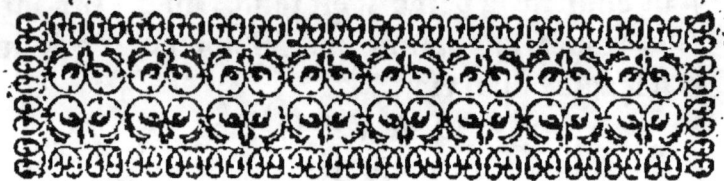

ACTE V.

SCENE PREMIERE.

CONSTANTIN, CONSTANCE.

CONSTANTIN.

VOY, ma fœur, c'eſt par vous que ſa
priſon ouuerte...

CONSTANCE.

Seigneur, ie vous voyois au point de
voſtre perte.

Dé-ja des Reuoltez l'aueugle emportement
Aſſiegeant le Palais s'expliquoit fierément,
Tout le peuple pouſſé d'vn zele temeraire
Demandoit à hauts cris & Licine & Seuere,
Et ſans aucun reſpect pour le nom d'Empereur,
Sembloit juſques ſur vous étendre ſa fureur.
Dans vn mal violent à qui tout ſecours cede,
Souuent tout hazarder en eſt le ſeul remede,
Et c'eſt par là, Seigneur, qu'vn mouuement
ſecret
A ſçeu m'autoriſer à tout ce que j'ay fait.
I'ay deliuré Licine, & l'arreſt qu'il peut craindre
A quiter ſa priſon n'auroit pû le contraindre,

S'il n'euſt veu que luy ſeul auoit droit d'appaiſer
De lâches Factieux qui pouuoient tout oſer.
Vous en voyez l'effet ; par ſa ſeule preſence
Il a calmé ſoudain leur plus fiere inſolence,
Et ſi dans ce qu'elle oſe il leur doit quelque appuy,
Ie le connois aſſez pour répondre de luy.

CONSTANTIN.

Ie n'en ſuis point en peine, & ce qui m'inquiete
C'eſt le ſecret remords où la raiſon me jette :
I'aime, & l'Amour enfin éclairant ma fureur,
De mes jaloux tranſports me découure l'erreur.
Leur rigueur contre Fauſte eſtoit peu legitime,
Sa vertu ſuffiſoit pour la croire ſans crime,
Et pour en voir ſoudain le ſoupçon rejetté
Mon cœur n'auoit beſoin d'aucune autre clarté.

CONSTANCE.

L'attentat eſt ſi noir, qu'auec trop d'injuſtice
Du coup qui vous perdoit vous la croyiez com-
     plice :
Mais ie ne vous dis pas, Seigneur, ce que ie crains,
Alors que Martian n'eſt plus entre vos mains.
On l'a fait éuader, & ſa fuite m'étonne,
Vn traiſtre qui ſe cache en veut à la Couronne,
Et connu de luy ſeul, quoy qu'il vueille tenter,
Ne l'en pouuant conuaincre il eſt à redouter.

CONSTANTIN.

Sa fuite n'a pas eu le ſuccez que l'on penſe,
Et s'il peut meriter encor quelque croyance,
L'ingrat Maximian doit ſeul eſtre accuſé
Du forfait qu'à Licine il auoit ſuppoſé.
Le perfide alarmé du rapport de Seuere,
Pour le faire éuader s'eſt ſeruy de Valere,
Qui craignant d'auoir part à ſes lâches deſſeins,
Me l'a ſecretement remis entre les mains.

Maximian l'ignore, & le bruit de sa suite
L'autorisant toûjours à la mesme conduite,
De ses déguisemens le but misterieux,
Aprés ce que ie sçay, se découurira mieux.

CONSTANCE.

Et Martian ?

CONSTANTIN.

D'abord il a voulu se taire,
Mais resté sans secours & trahy par Valere,
Dans l'effroy des tourmens qui l'auroiét fait parler,
Il s'est veu hors d'estat de plus dissimuler.
Auec tant de fureur Maximian conspire,
Que dans l'auidité de reprendre l'Empire,
La nuit fauorisant ce qu'il veut hazarder,
Iusques dans mon lit mesme il doit me poignarder.
C'est dequoy sur l'espoir d'vn obstiné silence
Il auoit sçeu dé-ja luy donner l'asseurance,
Et craignant dés Mutins le murmure indiscret,
Il a creu par sa suite asseurer son secret.

CONSTANCE.

Quelle rage, Seigneur ?

CONSTANTIN.

Ce qui me desespere,
C'est le contraint aueu que m'en a fait Seuere,
Qui sçachant le secret du lâche qui me perd,
Si Straton n'eust parlé, ne m'eust rien découuert.
Maxime nous l'amene, afin qu'en sa presence
Fauste puisse...

CONSTANCE.

Seigneur, la voicy qui s'aduance.

SCENE II.

CONSTANTIN, FAVSTE, CONSTANCE.

CONSTANTIN.

Dans le confus defordre où mon malheur me
  met,
Madame, oublierez-vous l'affront qu'on vous a fait?
Dans voftre appartement l'ordre cruel d'vn pere
Sans en eftre aduoüé vous tenoit prifonniere,
L'outrage m'eft fenfible, & pour le reparer,
Il n'eft rien que de moy l'on n'ait droit d'efperer.

FAVSTE.

Ah, Seigneur, il n'eft point de peine affez cruelle
Pour punir mon forfait fi ie fuis criminelle,
Mais ce foupçon peut-eftre vn peu trop écouté
Vous liure fans obftacle à l'infidelité:
De fon aueuglement on ne peut trop vous plaindre,
C'eft luy feul contre vous que vous ayez à craindre.
Ie ne combatray point vn rigoureux arreft,
Seuere doit mourir puifque fa mort vous plaift,
Mais quand la trahifon vous cherche pour victime,
Qui paroift innocent peut n'eftre pas fans crime;
Par tout d'vn noir deftin vos iours font menacez,
Et ne rien dire plus c'eft vous en dire affez.

CONSTANTIN.

Ouy, c'eft m'en dire affez, & le foin de ma gloire
Suffifoit à forcer mon amour à vous croire,
Mais ie ne vois que trop par ce reuers fatal
Qu'vn feu qui brûle trop, fouuent éclaire mal.

Ses flâmes deuorant tout ce qui le fait naiſtre,
Rendent faux les objets qu'elles font trop pa-
       roiſtre,
Et ſi l'erreur qu'en-vain j'ay voulu préuenir,
M'a de Maximian... Mais ie le voy venir.

SCENE III.

CONSTANTIN, MAXIMIAN, FAVSTE, CONSTANCE.

MAXIMIAN.

ET bien , aprés l'éclat que le peuple autoriſe,
Douterez-vous, Seigneur, des Chefs de l'entre-
       trepriſe?
Par ſa rebellion il eſt aiſé de voir
Qu'en ſecret ſon appuy ſoûtenoit leur eſpoir.
De tant de Factieux la criminelle audace,
S'ils eſtoient arreſtez , répondoit de leur grace:
Par là leur fermeté brauoit voſtre couroux,
Et ſeurs d'vne reuolte ils n'ont rien craint de vous.

CONSTANTIN.

S'ils n'ont rien craint de moy , ie voy beaucoup à
       craindre,
Et l'on ne connoit pas combien ie ſuis à plaindre;
Non que du criminel ie puiſſe encor douter,
Les motifs du ſecret ont ſçeu trop éclater;
Le traiſtre m'eſt connu , mais ce qui fait ma peine,
L'amour peut ſur mon cœur encor plus que la
       haine,
Et dans ce que de moy Fauſte a droit d'obtenir,
C'eſt mal ſçauoir aimer que ſonger à punir.

MAXI-

MAXIMIAN.
Quoy, Seigneur, à l'Estat, à vous-mesme perfide,
Vous pourriez épargner vn lâche Parricide,
Et cét amour que Fauste a si peu merité,
Contre vos interests est encor écouté?
Quand pour vous affranchir de tout ce qu'on ha-
zarde,
Ie vous ay conseillé de changer vostre Garde,
Vous voyez, au forfait qu'on luy peut reprocher,
Par quelle Politique elle a sçeu l'empescher.
Cette garde à Licine aueuglement soûmise
La flatoit du succez de sa noire entreprise,
Et ie vous vois toûjours dans le mesme danger
Si vous vous obstinez à ne la point changer.
Non qu'à ces seuretez mon zele vous conuie
Par l'effroy du peril qui menace ma vie,
Bien loin de me souffrir vn si bas sentiment,
Ie passeray la nuit dans vostre apartement,
Et si le Trône enfin n'offre rien que respecte
L'insolente fureur d'vne Garde suspecte,
Du moins mon sang versé, s'il ne peut l'émou-
uoir,
Iustifiera l'aduis que j'ay crû vous deuoir.

FAVSTE.
De tout ce que j'entens interdite & confuse,
Ie n'ose murmurer quand mon pere m'accuse,
Mais aprés mon silence il m'est bien dur de voir
Que sur luy la Nature ait si peu de pouuoir.

MAXIMIAN.
Moy, ie l'écouterois quand ie voy que Licine
Auec vous de l'Estat a juré la ruïne?
Voyez ce que pour luy les Mutins ont osé.

CONSTANCE.
Il doit estre suspect puisqu'il est accusé;

G

Mais ie doute, Seigneur, ſi ce ſeroit vn crime
D'auoir encor pour luy quelque reſte d'eſtime,
Et de ſe hazarder à juger vn peu mieux
Du ſecret intereſt qu'il prend aux Factieux.

MAXIMIAN.

En vain voſtre pitié veut eſtre ſon refuge,
Qui ſe trouue innocent n'a jamais craint ſon Iuge,
Et ſuſpect d'vne lâche & noire trahiſon,
Luy-meſme il ſe condamne en quittant ſa priſon.
C'eſt peu ſi Martian ne ſeconde ſa fuite,
Martian qui du crime eut l'entiere conduite,
En garda le ſecret, & qui ſeul aujourd'huy
Auroit pû nous ſeruir de témoin contre luy.
Pour qui doit recourir à ſa ſeule innocence
Trouuer lieu d'éuader c'eſt trop d'intelligence.
Seigneur, encor vn coup craignez-en les effets,
Il peut tout ſur le peuple, il peuple tout au Palais,
Il excite à ſon choix & calme la tempeſte,
Et quand ſa perfidie en veut à voſtre teſte,
En préuenir la rage auec tant de langueur
C'eſt pouſſer le poignard qui vous perce le cœur.

CONSTANTIN.

Ainſi tout preſt à voir l'entrepriſe détruite,
De Martian Licine a pratiqué la fuite?
C'eſt par luy que ce traiſtre eſt hors de mon pou-
    uoir?

MAXIMIAN.

Luy-meſme par la ſienne il vous le fait trop voir.
Ne craignant rien d'ailleurs dans l'horreur des ſup-
    plices,
Il laiſſe entre vos mains tous les autres Com-
    plices,
Martian au remords auoit dé-ja cedé,
Luy ſeul l'euſt conuaincu, luy ſeul eſt euadé.

CONSTANTIN.
D'autres témoins peut-estre auront peine à se taire,
Voicy Maxime.

SCENE IV.

CONSTANTIN, MAXIMIAN,
FAVSTE, CONSTANCE,
MAXIME.

CONSTANTIN.

ET bien, amene t'on Seuere?
MAXIME.
Seigneur, le triste estat où la perte du sang
Que trois coups de poignard ont tiré de son flanc..;
CONSTANTIN.
Quoy, Seuere est blessé?
MAXIMIAN.
Seigneur, quelle surprise!
Mais s'il n'est que mourant le Ciel me favorise,
Comme il a sur moy seul jetté la trahison,
Pour recouurer ma gloire allons dans sa prison,
Il parlera sans doute, & voudra se dédire.
MAXIME.
A peine y suis-je entré qu'on l'entend qui soûpire,
Et nous voyant saisis d'épouuante & d'horreur,
Qu'on me porte, a-t'il dit, *aux pieds de l'Empereur*,
I'ay beaucoup à luy dire. Il n'acheue qu'à peine,
Et sa voix... Mais, Seigneur le voicy qu'on amene,

SCENE V.

CONSTANTIN, MAXIMIAN, FAVSTE, CONSTANCE, SEVERE, MAXIME, Suite.

CONSTANTIN.

AH, Seuere !
SEVERE.
Ah, Seigneur.
MAXIMIAN.
Haste-toy de parler,
Quelle main à sa rage a voulu t'immoler ?
SEVERE.
Où la faut-il chercher qu'en celle qui conspire ?
FAVSTE.
Dieux ! SEVERE *à Maximian.*
Ie ne diray rien que vous n'eussiez pû dire.
à Constantin.
Seigneur, Maximian par moy seul découuert
M'a crû deuoir punir d'vn rapport qui le perd,
Mais le Ciel malgré luy contraire à son enuie
Pour l'accuser encor me laisse assez de vie,
Luy seul des Conjurez engage la fureur.
MAXIMIAN.
Quoy, traistre, les forfaits te font si peu d'horreur,
Que pour plaire à l'amour ton indigne imposture...
SEVERE.
Ce que ie viens de dire est la verité pure,

Dans le funeste estat, Seigneur, où ie me voy,
La crainte ny l'espoir ne peuuent rien sur moy,
Ie vay mourir, ie meurs, mais à l'Imperatrice
Les Dieux auparauant veulent rendre justice,
D'vn sentiment jaloux vostre cœur combatu
A fait outrage en elle à la mesme vertu,
Et comme les soupçons que l'on a veu paroistre
Sont tombez par moy seul dans l'esprit de mon
    Maistre,
Ie verray sans regret tout mon sang répandu
Si par là le repos luy peut estre rendu.
Viuez, regnez, aïmez, Seigneur, & vous, Madame,
Songez que tout mon crime est l'excez de ma flame,
Et que malgré le sort à ma perte animé
Ie serois innocent si j'auois moins aimé.
C'en est fait, & desia....
      CONSTANTIN.
      Prenez-en soin, Maxime.

SCENE VI.

CONSTANTIN, MAXIMIAN, FAVSTE, CONSTANCE, Suite.

MAXIMIAN.

I'Ay voulu jusqu'au bout luy voir pousser son
    crime,
Il meurt en m'accusant; laissez couler vos pleurs,
Vous les deuez, Madame, à ses tristes malheurs,
Vn Amant qui pour vous a fait amas de crimes
Doit rendre par sa mort vos larmes legitimes,
      G ij

Et leur seule tendresse a droit de meriter
Ceux que sur moy sa rage a voulu rejetter.

FAVSTE à *Maximian.*

Vous le sçauez, Seigneur, quoy que m'impute vn
père,
Le respect, le deuoir m'ont appris à me taire,
Heureuse dans vn mal qui veut vn prompt secours,
S'il peut m'estre permis de me taire toûjours.

CONSTANTIN à *Maximian.*

Dans ce que d'vn mourant le Ciel nous fait en-
tendre,
C'est trop que d'accuser, songez à vous défendre,
Seuere est mort, à qui le doit-on imputer?

MAXIMIAN.

Quoy, parce qu'il m'accuse on voudroit en douter?
Pour en craindre l'effet l'imposture est trop claire,
Qui fait fuir Martian a fait perir Seuere,
Licine seul...

CONSTANCE.

Seigneur, sur quoy l'en soupçonner?

MAXIMIAN.

Sur l'excez d'vn orgüeil qui se veut couronner;
Puis qu'enfin de deux Chefs que l'ambition presse,
L'vn à détruire l'autre à l'envy s'interesse,
Et dans l'ennuy secret de souffrir vn égal,
Met son heur le plus grand à perdre son Riual.
Voila sur quels motifs le coupable Licine...

CONSTANTIN.

Mais dans sa trahison voyons-nous qu'il s'obstine?
Si le peuple s'emporte, il sçait le retenir.

MAXIMIAN.

Et c'est vn crime encor dont il le faut punir.
Ce que sur les Mutins il s'est acquis d'empire
Fait voir à quoy par eux son lâche orgüeil aspire,

Sous les fauſſes couleurs d'vn reſpect affecté
Son cœur de ſes deſſeins cache l'indignité,
Feignant d'agir pour vous il agit pour luy meſme,
Courons de cét affront vanger le Diadéme.
Auſſi bien pour ſa gloire il faut qu'vn Souuerain
Auec des Reuoltez parle la ſoudre en main;
Ils ont beau s'attacher aux intereſts d'vn traiſtre,
Pour faire auorter tout ie ne veux que paroiſtre,
Et quoy qu'à ſe garder Licine ait pris de ſoin,
L'attachant de leurs mains...

SCENE VII.

CONSTANTIN, MAXIMIAN, FAVSTE, CONSTANCE, LICINE, Suite.

LICINE.

Il n'en eſt pas beſoin,
Seigneur, il vient ſe rendre, & dérober ſa gloire
A ce qu'vn impoſteur a donné lieu de croire.
La fuite où m'a forcé le ſeul bien de l'Eſtat
Euſt de la calomnie authoriſé l'éclat.
Dans ſa rebellion le peuple eſtoit à craindre,
Le feu m'a paru grand, j'ay tâché de l'éteindre,
Et comme à l'innocence on doit ſe confier,
Ie reuiens ou mourir, ou me juſtifier.

CONSTANCE à Conſtantin.

Vous le voyez, Seigneur, ſi j'ay dû vous répondre,
Que brauant l'impoſture il ſçauroit la confondre,

Son retour à sa gloire asseure assez d'éclat.

CONSTANTIN à *Maximian*.

Luy voudrez-vous encor imputer l'attentat ?
Vous paroissez surpris ?

MAXIMIAN.

Ie n'ay plus rien à dire,
Pour justifier Fauste on veut que ie conspire,
I'y consens, croyez tout, l'indice est trop pressant,
Licine vient s'offrir ; il doit estre innocent.
Mais que hazarde-t'il ? vn grand peuple rebelle,
Si vous le condamnez, va prendre sa querelle,
Et seur de son secours il doit peu redouter
La rigueur d'vn arrest qu'on n'ose executer.

LICINE.

I'auois de vous, Seigneur, attendu plus d'estime,
Mais l'Empereur sans doute éclaircira le crime,
Et l'imposture en vain l'aura sur moy jetté,
Si contre Martian Seuere est écouté.

CONSTANTIN à *Licine*.

Bien loin de te flater d'vn si foible auantage,
Tremble, Seuere est mort, on l'impute à ta rage,
Purge-toy, si tu peux, de l'auoir fait perir.

LICINE.

Seuere ne vit plus ! & bien, il faut mourir,
I'aurois beau repousser vn crime detestable,
Puisque Seuere est mort, on veut me voir cou-
pable,
Et quoy que l'imposture inuente contre moy,
Le traistre Martian sera digne de foy.

MAXIMIAN.

Feins de le craindre encor, quand par tes artifices
Sa fuite l'a souftrait aux plus affreux suplices,
Tu l'as fait euader, & reuiens sans effroy,
N'ayant plus de témoin qui parle contre toy.

Nie encor, & par là prouue ton innocence.

LICINE.

Moy, qu'auec Martian ie fois d'intelligence?
Ay-je quelque intereft à le faire éuader
Quand de l'Autheur du crime il peut feul décider?
Si m'eftant confronté ie ne le fais dédire,
Ie demeure coupable , & c'eft moy qui confpire.
Qu'attens-ie de fa fuite , & quel eft mon efpoir?

MAXIMIAN.

Par ces fauffes clartez tâche à nous deceuoir.
Pour te juftifier c'eft peu que l'apparence.

CONSTANTIN.

Elle fait encor plus pour luy que l'on ne penfe,
Et pour tout dire enfin , il me feroit bien doux
Qu'auec autant de force elle parlaft pour vous.
Seuere a foûtenu que pour vous on confpire,
Et fa mort l'a puny de ce qu'il a fçeu dire;
Voftre intereft ailleurs fe trouue conferué,
Martian n'a rien dit , Martian eft fauué.

MAXIMIAN.

Enfin ie fuis coupable , & l'éclat de ma gloire
Eft trop peu pour regler ce que vous deuez croire ?
Mais fi j'auois encor Martian pour témoin....

CONSTANTIN.

Et bien , s'il vous le faut , Martian n'eft pas loin,
Voulez-vous qu'on l'amene , & que Valere en fuite
Vienne vous expliquer ce qu'il fçait de fa fuite?
Voulez-vous fçauoir d'eux d'où j'ay pû deuiner
Que jufques dans mon lit on doit m'affaffiner,
Et que dés cette nuit pour cét excez de rage
Par voftre appartement on trouue au mien paffage?
Qu'on les faffe venir. Pour peu qu'ils foient preffez...

MAXIMIAN.

Arrefte, Conftantin, tu m'en as dit affez,

Ie voy que tu ſçais tout, & qu'inſtruit par Valere
De mes déguiſemens tu perces le myſtere.
Martian dont la fuite aſſeuroit mes deſſeins,
Quand ie le croy ſauué, ſe trouue entre tes mains,
Il t'a tout découuert, & dans la défiance
Où de mes vœux trahis te met la connoiſſance,
Me voyant hors d'eſpoir d'en obtenir l'effet,
Ie n'ay plus d'intereſt à cacher mon forfait.
Quand en m'aduoüant rien ie pourrois te reduire
A douter ſi c'eſt moy qui cherche à te deſtruire,
Obſerué dans ta Cour, haï de toutes parts,
I'aurois beau vers le Trône eſleuer mes regards,
On ne me laiſſeroit aucun lieu d'entreprendre,
Et puiſque ie connoy qu'il n'y faut plus pretendre,
I'aime mieux, te preſſant de ne pas m'épargner,
Mourir dans cét orgueil, que viure ſans regner.
Peut-eſtre, à déguiſer ce qu'on t'a fait connoiſtre,
De tes iours malgré toy j'aurois pû me voir mai-
　　　　ſtre,
Et ſoûlager du moins la peine où ie me voy
Par la fauſſe douceur de te perdre auec moy;
Mais comme à l'attentat le Trône ſeul m'anime,
Lors que j'en perds l'eſpoir, ie perds l'ardeur du
　　　　crime,
Et dans l'auide ſoif de reprendre ton rang,
Ne pouuant te l'oſter, ie dédaigne ton ſang,
Prononce, Martian n'a plus rien à te dire.
　　　　　CONSTANTIN.
Qu'au Trône par ma mort Maximian aſpire!
Luy qui dans mes Eſtats plus Souuerain que moy,
Puiſqu'il vouloit regner, pouuoit donner la loy!
　　　　　FAVSTE.
Seigneur, n'écoutez pas toute voſtre colere,
Et s'il eſt criminel, ſongez qu'il eſt mon pere.

Non que d'vn attentat qu'on ne peut trop punir,
Ie vueille vous oster le fatal souuenir,
Mais qu'il viue, & s'il faut qu'enfin le sang efface.....

MAXIMIAN.

Moy viure! moy de luy daigner receuoir grace!
Regnez, regnez, Madame, & cessez de penser
Qu'au rang de vos Sujets ie puisse m'abaisser;
Et pour vous & pour moy ie sçay ce qu'il faut faire.
Toy, Constantin, joüis de la mort de Seuere,
C'est à moy que tu dois le bonheur sans égal
De n'auoir plus enfin à craindre de Riual.
Son sang à ma vangeance a seruy de victime,
Et loin de démentir la fierté de mon crime,
Ie veux te faire voir, qu'indigne d'obeïr,
Ie sçay brauer les Dieux qui m'ont osé trahir.
Pour rentrer dans ce Trône où tu remplis ma place
I'eusse aux plus noirs forfaits esleué mon audace,
Et comme dans l'ardeur de te le dérober
I'auois songé d'abord à t'en faire tomber,
Voila pour me punir d'auoir manqué ta cheute,
Et comme ie prononce, & comme j'execute.

Il tire vn poignard dont il se tuë.

Qu'on m'emporte.

FAVSTE *suiuant Maximian.*

Ah, Seigneur.

CONSTANTIN.

Courons la seconder,
Son interest icy doit seul se regarder;
Et quand vn peu de calme aprés ce grand orage
M'aura tiré du trouble où ce reuers m'engage,
Licine aura sujet d'oublier son malheur,
Par le rang de Seuere, & l'hymen de ma sœur.

Fin du cinquiéme & dernier Acte.

www.ingramcontent.com/pod-product-compliance
Lightning Source LLC
Chambersburg PA
CBHW060435260626
47161CB00005B/1936